書下ろし

取替屋

新・神楽坂咲花堂

井川香四郎

祥伝社文庫

目次

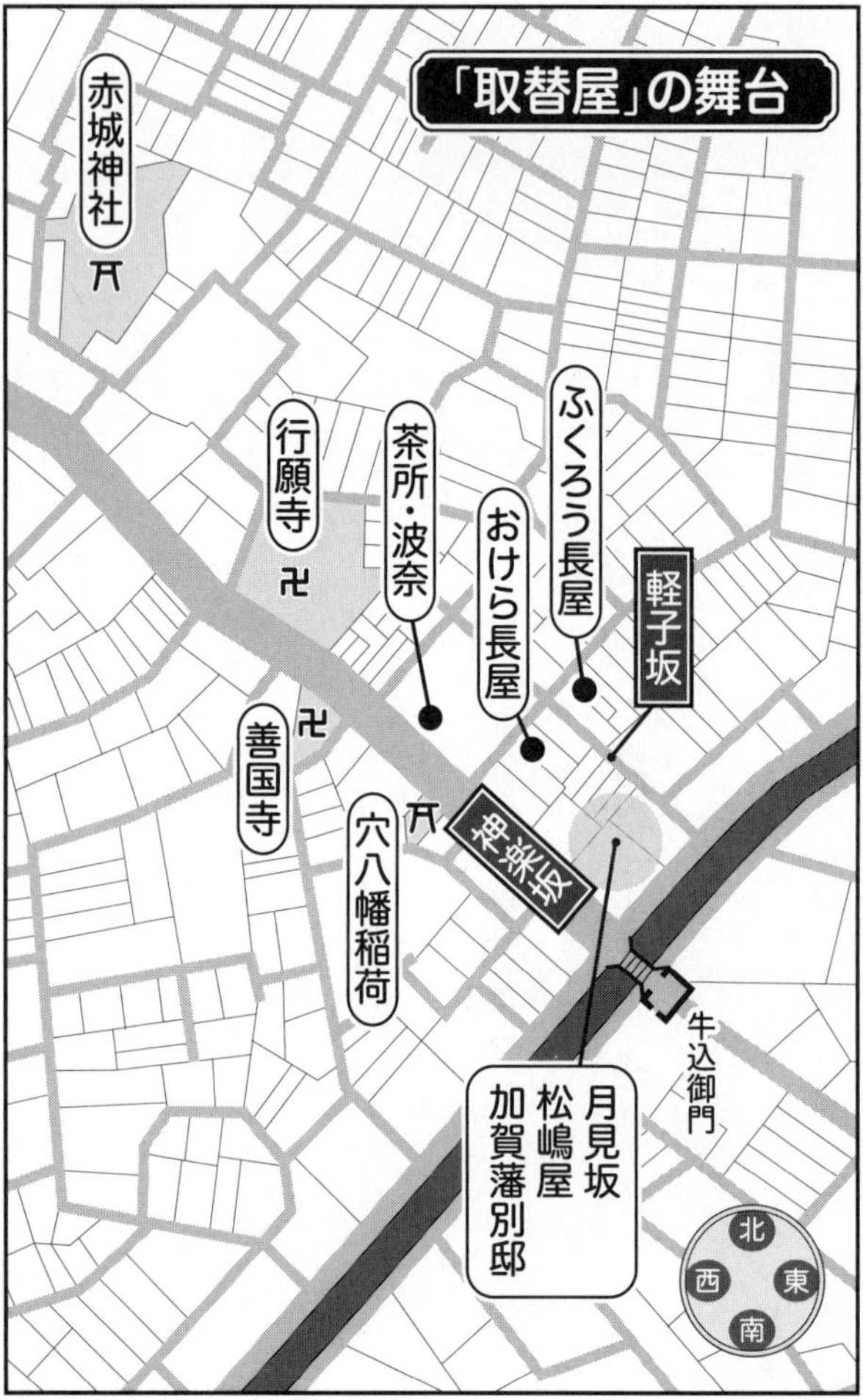
「取替屋」の舞台
赤城神社
行願寺
茶所・波奈
おけら長屋
ふくろう長屋
軽子坂
善国寺
穴八幡稲荷
神楽坂
牛込御門
月見坂
松嶋屋
加賀藩別邸
北
西
東
南

第一話　取替屋《とりかえや》

一

透き通る青い空が広がる下、江戸の神楽坂《かぐらざか》・穴八幡稲荷《あなはちまんいなり》の境内《けいだい》は、七五三《しちごさん》の祝いで賑《にぎ》わっていた。

数え年で男女の三歳は髪置き、男子の五歳は袴着《はかまぎ》、女子の七歳は帯解きの祝いをする。そのため、江戸市中の氏神《うじがみ》神社は立錐《りっすい》の余地もないほどであった。

参道には、ふだんはない出店がずらりと並び、千歳飴《ちとせあめ》や玩具《おもちゃ》が売られていた。いずれも鶴亀《つるかめ》や松竹梅の図柄の袋に入っていて、幼子たちが地面を引きずるように持って歩く姿は、とても可愛《かわい》らしい。通りすがりの大人たちも、思わず頬《ほお》をほころばせた。

神楽屋台の上では、狐《きつね》や狸《たぬき》の面をつけた法被《はっぴ》姿が、笛を吹いたり太鼓《たいこ》を叩《たた》いたりして、めでたい催《もよお》し物が繰り広げられていた。

「いや、懐かしい……前に江戸で商《あきな》いをしたときも、丁度《ちょうど》、今ぐらいの時節に来たんやったなあ……」

上条綸太郎《かみじょうりんたろう》は誰にともなく呟《つぶや》いて、枯《か》れ葉がチラホラ舞う境内を懐かしそうに見廻した。時折、覚えのある顔があって、

「おや、若旦那《わかだんな》じゃねですか。お帰りなさいやし」

「また一献、付き合《お》うて下せえよ」

「元気そうで何より。またぞろ、うちのカカアが熱を上げなきゃいいけどなあ」

「若旦那ア……遊びに来て下さいよう」

　善男善女が声を掛《か》けてくる。五年程前、初めて聞いたときには奇妙に感じた、早口で軽妙な江戸弁が懐かしく思える。

　綸太郎は、京の実家に戻っていたのだが、二年ぶりに江戸の風に吹かれて、心地よかった。特に、「お帰りなさい」という挨拶《あいさつ》には、親戚扱いをしてくれているようで、なんとも嬉《うれ》しかった。

　京は松原通《まつばらどおり》東洞院通《ひがしのとういん》にある刀剣目利き『咲花堂《さくはなどう》』の若旦那で、病に臥《ふ》していた父親の雅泉《がせん》の看病をしていたのだ。が、元気になったので、放浪《ほうろう》の虫が疼《うず》いて中山道《なかせんどう》をぶらぶら旅をしながら、江戸に着いたのが今朝のこと。また骨董《こっとう》店を出すつもりではいるが、馴染《なじ》みの神楽坂に足が向いたのだ。

　江戸城の牛込見附《うしごめみつけ》から、まっすぐ登る神楽坂は、三代将軍徳川家光《とくがわいえみつ》が矢来《やらい》にある別荘を往《い》き帰りするために使った道である。柳の並木が続く〝両岸〟には、武家屋敷と町屋が入り交じって、何となく綸太郎が幼い頃に過ごした京の白川《しらかわ》にある「神楽岡《かぐらおか》」

に似ている。この坂を川に見立てて、右岸左岸と呼ぶのも、風情《ふぜい》があって、気に入ったのだ。

前に江戸に来たときは、上条家に伝わる三種の神器である〃刀剣〃〃茶器〃〃掛け軸《じく》〃を探し出すことが目的であった。その目的をなしとげたので、帰京することになったのだ。しかし、三年余り住んだ江戸を離れるのは寂《さみ》しいものがあり、またいずれ舞い戻るつもりだった。

懐かしい人たちの顔も浮かんだが、まずは以前、構えていた店に立ち寄ってみた。借りたまま置いておこうと思ったが、そのときは京に帰ったままになるかもしれず、家主《いえぬし》に返したのだった。

二重になっている格子戸《こうしど》はそのままで、『茶所《ちゃどころ》・波奈《はな》』と白抜きされた薄紫の暖簾《のれん》が掛かっており、奥から茶の香りがする。茶葉でも売っているのかと、暖簾を潜《くぐ》ると、

「いらっしゃいまし」

と涼《すず》やかな声を掛けられた。

思わず店の中に踏み込んで見廻すと、綸太郎が『神楽坂咲花堂』を営《いとな》んでいたときのままの造りと間取りで、白木の棚などには有田《ありた》や九谷《くたに》などであろう、さほど高価

ではない茶碗《ちゃわん》が品良く並べられてあった。

奥には鮮《あざ》やかな色合いと文様《もんよう》の着物に襷《たすき》がけをした、少し島田《しまだ》を崩した妙齢の女が座していて、丁寧《ていねい》に挨拶をしてきた。

湯気の立つ茶釜《ちゃがま》の側《そば》に、茶器を置いてあり、立ち寄った客に一碗ずつ、茶を点《た》てる趣向らしい。店内には、壁に沿うように毛氈《もうせん》をかけた縁台が並んでおり、中年の武家女がふたり並んで茶を楽しんでいた。高級な茶店というところであろうか。境内から聞こえる篠笛《しのぶえ》か龍笛《りゅうてき》の音や太鼓の響きと相まって、ゆったりとした時が流れている。

「甘い物もございます。どうぞ、お寛《くつろ》ぎ下さいませ」

釜の側にいる女将《おかみ》らしき女が、凜《りん》とした声をかけてきた。決して無理強《じ》いをしない、かといって、余所者《よそもの》扱いもしない間合いが、綸太郎には心地よかった。

「いや、懐かしい……こうやって見ると、存外、広い所だったのですなあ」

「――はあ……？」

女将らしき女が小首を傾《かし》げると、綸太郎はすぐさま、

「以前、ここで『咲花堂』という骨董の店を営んでいたんです。本業は、刀剣目利きなんですがね、いや、懐かしくて……」

「ああ。大家さんから聞いておりました。京に本店があるという……上条家の御曹司《おんぞうし》

さんでございましょう?」

「御曹司というほどではありません」

「どことなく言葉遣いも、はんなりとしていますから、なるほどと思いました……私は、ここの女主の波奈と申します」

深々と頭を下げると、綸太郎は頷《うなず》いて、

「では、暖簾どおりの……」

「はい。前が『神楽坂咲花堂』と知って、私も波奈ですから、〝はな〟繋《つな》がりの縁《えん》があると思って、すぐに決めたんです」

「そうでしたか。それは、それは……」

綸太郎が旅の荷を下ろして、縁台の片隅に座ると、先客の武家女たちも軽く会釈《えしやく》をした。そして、『神楽坂咲花堂』といえば、公儀刀剣目利所である本阿弥《ほんあみ》家の係累《けいるい》であり、茶器を扱う『日本橋利休庵《にほんばしりきゆうあん》』とも親戚なのでしょうと声をかけてきた。が、特段、返事はしなかった。

本阿弥家の子孫であることは事実だが、『日本橋利休庵』とは親戚ではない。もう隠居した清右衛門《せいえもん》が、父親の雅泉のもとで、大番頭として働いたことがあって、江戸に店を構えただけである。清右衛門とは色々と確執があったが、何処《どこ》ぞで隠居暮らしを楽しんでいるであろうと、綸太郎は思っていた。

甘い菓子を出され、綸太郎がそれを口にしている間に、良い加減の茶を波奈は点てた。香もふくよかに漂《ただよ》わせながら、差し出された茶を一服すると、

――ふう……これはいいお点前で……。

と溜息《ためいき》混じりで言ってから、茶碗を手にして眺《なが》めた。

「『咲花堂』のご主人に見られては恥ずかしいものでございます」

「とんでもない。ここで乾山《けんざん》を手にできるとは思いもしませんでした」

乾山とは、尾形光琳《おがたこうりん》を兄に持つ陶芸家だ。野々村仁清《ののむらにんせい》を師匠として、京の仁和寺《にんなじ》門前に隠棲して、優《すぐ》れた茶器を数多く残している。乾山とは、都の乾《いぬい》の方角にある鳴《なる》滝山《たきやま》に窯《かま》を構えたことに由来する。

「さすが、お目が高いですね」

「私には、かような優れものを持っていることが、不思議《ふしぎ》に感じますな。さぞや……」

「お大尽の〝囲い女〟とでも思いましたか？　ならば苦労はないし、嬉しいのですが、世の中、甘くはありません」

波奈は妖艶《ようえん》な笑みを浮かべた。綸太郎はそのとき初めて、この女の美貌《びぼう》に気づい

た。すましているときの表情は少し硬くて、冷たい感じがするが、笑うと口元にえくぼが浮かび、白い肌とは不釣り合いなくらい、童顔になってしまうのだ。

――表と裏……がある女には、訳もなく惹《ひ》かれるものだ。

と綸太郎は感じていた。

「おやおや。なんだか、おふたりさん、初対面なのに、気が合ったようですわねえ」

「ほんに、お似合いですよ」

「いいですわねえ。若い人同士は、そうやって、あっという間に打ち解けられて」

「私たち、お邪魔《じゃま》のようですわね。失礼致しましょう」

「そうしましょう」

武家女たちが冗談めかしていいながら、お代を済ますと店から出て行った。神楽屋台の賑やかな音曲《おんぎょく》や謡《うたい》が聞こえているが、ポンと小さな間ができたように、綸太郎と波奈は言葉少なになった。

「あの……」

波奈の方から声をかけた。

「その……『咲花堂』さんは、また江戸で、店を出されるのですか?」

「綸太郎でいいですよ。上条綸太郎と言います」

「では、綸太郎さん……此度《こたび》、江戸に来られたのは、商いのためなのですか」

「親父がまだ元気なうちは、好き勝手をさせて貰《もら》おうと思いましてね。日本橋か、両国橋《りょうごくばし》、あるいは浅草《あさくさ》あたりで適当な所を探そうかと思っていたのですが、やはり神楽坂がよいかなあ、と」

「ぜひ、そうなさいまし。私に言わせれば、他の所は賑やかすぎていけません。悪い言葉で言えば、ガサツです」

そう言って、ニコリと笑った波奈は、まるで周旋屋《しゅうせんや》のような口ぶりで、神楽坂の貸家を探すと言い出した。

その気になれば、綸太郎も当てはある。路地裏にある料理茶屋の『松嶋屋《まつしまや》』の主人ならば、何とかしてくれるだろうし、町奉行など公儀の役人にも多少は顔が利く。だが、綸太郎は雲のように自由でありたいから、なるべく自分で何とかしようと思っていた。

茶をもう一杯、所望してから、ふと窓の外に目を移すと、裏手にある木に無花果《いちじく》が成っているのが見えた。赤紫色で、頂頭の所が少し割れている。食べ頃のはずだが、波奈は眺めるだけで、口にはしないと言った。

「勿体《もったい》ない。不老長寿《ふろうちょうじゅ》の果実と言われるほどの薬効もあるのですよ。お腹の具合も良くするのですよ」

「私は、どうも却《かえ》って悪くするのです」

「たしかに、未熟な実を食べると、胃の腑《ふ》が荒れることがあるが、お酒を飲んだ後に食べると、二日酔いに効くし、肌も美しくするとか。熟しているのは甘くて、私は大好きなので、貰っていいかな」

「どうぞ、どうぞ。お取り致しますわ」

窓から手を伸ばして、ふたつみっつもぎ取ると、波奈は手元の水桶《みずおけ》で丁寧に洗ってから、綸太郎に差し出した。

「おおきに……目がなくてね……」

皮を剝《む》かずにかぶりつくのを、波奈は面白そうに見ていた。

「子供の頃は食い過ぎて、白い汁で口が荒れたものです……でも、これは、怪我《けが》やイボ取りなどに使えるんですよ。ああ、それに無花果は、ただ煮込むだけで甘くなるから、砂糖代わりに料理に使えるし、焼酎《しょうちゅう》などと混ぜてもなかなか美味でしてな」

「なんでも、よくご存じなんですね」

口に手をあてがって笑いながら、波奈は綸太郎とのひとときを楽しんでいるようであった。だが、このときにはまだ、ふたりがとんでもない事件に巻き込まれるとは思っていないし、波奈がどんな女であるかも、綸太郎は知る由《よし》もなかった。

二

神楽坂は迷路のように路地が入り組んでおり、傘《かさ》を畳《たた》まないとすれ違えないほど、狭い坂ばかりである。綸太郎は月見坂《つきみざか》に入って、鉤形《かぎがた》になっている細い路地の下にある料理茶屋の『松嶋屋』に来ていた。

月見坂は神楽坂と並行して南に向いていて、月がよく見えることから、その名があり、一方北側の斜面は雪が溶けなくて滑《すべ》りやすいので、雪見坂《ゆきみざか》といい、花見坂《はなみざか》というのは桜の古木が数本並んでいるのが所以《ゆえん》である。それぞれに、季節に彩《いろど》りを見せてくれる。

だが、『松嶋屋』の主人は隠居して、二代目の孝吉《こうきち》に継がせ、武蔵野《むさしの》の方へ居を移したという。普段の暮らしをするには、坂道がきつくなったらしい。わずか二年ばかりの間に、知り合いがこれほどいなくなるとは、さすがは江戸だなあと、綸太郎は感じた。

庶民が起居する長屋は概《おおむ》ね二、三年で人が入れ替わるという。一生、住み続ける京とは違う。地震や火事が多くて、家屋が倒壊することもあるから、おのずと暮らす場所も移らざるを得ないのであろう。

この料理茶屋に出入りする芸者衆の顔ぶれも変わっていた。馴染みの芸者だった桃《もも》路《じ》は、どこぞの富豪に嫁に貰われ、子供も儲《もう》けて幸せに暮らしていると、下足番の文《ぶん》吉《きち》から耳にした。

「ほうか……桃路が嫁になあ……」

懐かしいような、なんだか虚《きょ》を衝《つ》かれたような心持ちになった。

というのは、京へ帰るときに、桃路は綸太郎について来た。はっきりと口に出したわけではないが、心の中ではお互い、一緒になろうと考えていた。

しかし、京に着いた途端、父親の雅泉は一目で、桃路のことを芸者崩れと見抜き、本阿弥家の係累である上条家の嫁にはさせぬ、どうしてもというのなら、妾《めかけ》にでもせいと頑《がん》として婚姻《こんいん》を認めなかった。それで、しばらく親類などが集まって討議していたのだが、雅泉の病《やまい》も酷《ひど》くなっていくうちに、桃路は自《みずか》ら身を引いて、江戸に帰ったのだった。

「一生懸命、親父の身の回りの世話もしていたのだがな……どうしても、東女《あずまおんな》はあかんて依怙地《いこじ》になってたなあ」

忸怩《じくじ》たる思いのある綸太郎がぽつりと言うと、文吉の方が残念そうに目を伏《ふ》せた。

店に以前いた下足番もやめてしまい、今は文吉ひとりだという。老中・松平定信《まつだいらさだのぶ》の緊縮政策によって、武家も商家もなんとなく倹約気味になったから、高級な料亭などは客離れが続いているのだ。

「桃路といつも一緒だった玉八《たまはち》は、どないしてるのや」

「ああ。玉八さんなら、幇間《たいこ》として、そこそこ頑張ってますよ。さる殿様から、遊玄《ゆうげん》亭《てい》という屋号まで貰いましてな、まさに〝たいこもち〟として偉くなってますわい」

「そうか。それはよかった」

オコゼのような顔だが愛嬌《あいきょう》があって、持って生まれたおかしみのある男だから、何処へ行っても可愛がられているのであろうと、綸太郎は懐かしく思っていた。

「若旦那、また神楽坂で『咲花堂』を開くつもりでしたら、この月見坂のちょいと下がった所に、加賀《かが》の殿様の別邸があって、そろそろ空きますよ」

「加賀百万石の……そりゃ、ちょっと気後れするなあ」

「そんなことありません。まだ借りている人がいると思いますから、一度、訪ねてみたらどうですか。うちの主人からも話をしておきますから」

「そうだなあ……」

「別邸といっても、小さな庵《いおり》です。刀剣や骨董品を広げられる座敷もありますから、丁度よろしいのではありませんか」

「ああ……」

曖昧《あいまい》に返事をしたのは、加賀藩の別邸なんかあったかなという思いが過《よぎ》ったからだ。近頃は、貸し家であっても何かと箔《はく》を付けたがる。江戸では、骨董商とは名ばかりで、質屋稼業をしている者も多いらしい。それゆえ、表通りではなく、人目につきにくいように、裏路地でひっそりと構えるのだ。

「いずれにせよ、住まいが見つかるまで、どうぞ、うちを使《つこ》うて下さい。旦那様も承知してますから」

「悪いな、文吉……考えてみれば、おまえから文《ふみ》を貰《もろ》うて、また神楽坂に来ることになったのや。よろしく頼むわ」

綸太郎が感慨深げに言うと、文吉はまた微笑《ほほえ》みかけて、

「精一杯、面倒を見させて貰います」

と丁重に頭を下げた。

「それじゃ、いずれ、その加賀様の庵とやらに立ち寄ってみますわい」

と綸太郎が立ち上がったとき、熟している無花果を、塀の外から割れ竹で挟んで摘《つ》

み取った者がいた。『松嶋屋』にも、美味《うま》そうな無花果が成っていたのだ。

――おや……。

綸太郎が見ている短い間に、手慣れた仕草で、あっという間に数個、もぎ取った。その割れ竹を握《にぎ》っていたのは、背丈や着物の袖《そで》から見て、子供のようだった。日焼けした上に、泥まみれの細い腕だった。

だが、塀の中からは袖しか見えない。顔を見てみようと思って、綸太郎が門の外まで出ようとすると、

「あのガキ！　また盗みやがった」

黒塀の内側の庭から、掃《は》き掃除をしていた文吉が声を上げた。その声に驚いたのか、子供はヒエッと声を上げて、下駄《げた》の音を立てて逃げ去った。

俄《にわか》に形相《ぎょうそう》が変わって追いかけようとした文吉の背中を、綸太郎は軽く叩いて、

「そんなに目くじらを立てんでも……子供のやったことじゃないか」

「でもね、若旦那……」

「熟しているのに、もがずに放っておる方が悪い」

無花果の木の傍《かたわ》らにある、小さな池の鯉《こい》がピョンと跳《は》ねた。

「でも、泥棒は泥棒ですんで……」

下足番を長くしているせいか、文吉は少し背が曲がって、小柄《こがら》な体がさらに小さく見える。しかも、わずか二年程しか経ていないのに、随分《ずいぶん》と老けたようにも見える。

「落ちたのを持っていくならまだしも、わざわざもぎ取るとは……もう何度も捕まえて、シッペしてやってるのに……このまま大人になったら、ろくなもんになりません。今のうちに叩き直しておかないと」

「知ってる子なのかい」

「顔はよく見るんですがね……何処に住んでいるかは……もしかしたら、軽子坂《かるこざか》の方に住んでる者たちの倅《せがれ》かもしれません」

軽子坂とは、神楽坂と並行するように東側にある坂道で、その下の河岸には、神田川《かんだがわ》に往来する川船の荷船人足《にんそく》が沢山《たくさん》住んでいた。中には柄の悪いのがいて、子供らもほったらかしにされていた。

「この目で見たわけじゃありやせんがね、余所のものを盗むんですから……まあ、たしかに若旦那の言うとおり、無花果くらいのことで、目くじらを立てなくてもいいような気もしますが……」

「ま、今度見かけたら、私からも注意をしておこう」

と立ち去ろうとしたとき、表の狭い坂道を隠居風の男が通りかかった。秋風が寒いというのに七分袖で、袖無しの羽織《はおり》に野袴《のばかま》といういでたちである。

「ああ、旦那様」

文吉が声を掛けて近づいた。

「こちら、『咲花堂』の若旦那の上条綸太郎さんです。で、このお方が、今し方、話した加賀藩の庵を借りてる、ええと……」

「『佐渡屋《さどや》』与兵衛《よへえ》といいます。文吉さんは、下足番のくせに覚えが悪いですなあ」

隠居の方から挨拶をした。

「越後《えちご》の柏崎《かしわざき》で、金問屋をしてましたが、もう店もたたみまして、はい」

「柏崎で金問屋をしていたといえば、佐渡金山から出たものを、延《の》べ板にして、江戸表に届ける大変な仕事ではありまへんか」

と綸太郎が言うと、文吉は与兵衛のことを本当は凄《すご》い人なのだと、まるで己《おのれ》のことのように自慢した。どうやら、『松嶋屋』も金銭面で、与兵衛に幾度となく助けて貰ったことがあるらしい。

綸太郎も頭を下げて、改めて名乗ると、文吉に勧められて、一度、訪ねてみようと思ったと話した。

「ならば、袖振り合うも多生の縁……今から、如何《いかが》ですか」

与兵衛に誘われるままに、綸太郎はその庵に行ってみることにした。

「おたくの噂《うわさ》は色々と聞いてますよ、『咲花堂』さん……」

「どうせ良い話ではありますまい」

「いえいえ。京の由緒《ゆいしょ》ある若旦那でありながら、江戸に来てから、色々と人様をお助けしていたとか」

「そんなことは……」

「隠すことはありませんよ。時の老中様でも一目置くような御仁ですから、私なんぞを相手にはできないでしょうが、骨董のことを少し教えて下さいませ」

「骨董をやられてるので？」

「ただひとつの楽しみでございます……もっとも、この楽しみのために、女房も子供も愛想《あいそ》を尽《つ》かして、別れられましたがね」

与兵衛が苦笑いをすると、綸太郎はその横顔をちらりと見て、

「でも、女房子供のいない老後は寂しいものですよ……いえ、うちの親父がそのようなことを言うてました」

「まだ、そんな年ではないつもりですがね。もっとも、世間てのは、私の商売が商売だっただけに、つまらぬ噂も随分と立ちました。怨《うら》みを持っている人もいるようです

しな」

「怨み……」

「随分と阿漕《あこぎ》なこともしましたから」

与兵衛は自虐的なことを言いながらも、悪びれる様子などなく、むしろサバサバした口調であった。

「人の噂も七十五日……商売敵《がたき》たちですら、もう私のことなど、忘れていますよ……負け惜しみではなく、本当に女房子供は厄介《やっかい》なだけでしてな。その点、書画骨董は裏切らない。嘘《うそ》はつかないいし、ついつい淀《よど》みがちな人の心を綺麗《きれい》にしてくれますからな。そうでしょ、若旦那」

長年、商いをしてきた自信なのか、押しつけがましい言い草が鼻につく。綸太郎は刀剣や茶器、掛け軸などの真贋《しんがん》を見る目はそれなりにあるつもりだが、どうも人の心だけは難しい。商人らしからぬ強靭《きょうじん》さというか、逆にしなやかさというか、得体の知れない図太《ずぶと》さを、与兵衛に感じていた。

加賀藩の殿様が庵として使っていたという屋敷は、坪庭などをあしらっていて、たしかに手狭な隠居所という風情だった。竹垣や黒塀などに品格が漂っているのは、やはり百万石の後光が射しているからであろうか。

床《とこ》の間には、墨絵《すみえ》の掛け軸があり、障子戸《しょうじど》から射し込む日射しが陰影を強くしている。

与兵衛は床の間の奥にある、茶室の躙《にじ》り口のような窓を開くと、さらに奥に廊下《ろうか》があって、腰を屈《かが》めながら入った。その先は薄暗いが、何処かに明かり窓があるのであろう。かすかに光が届いており、まるで隠し部屋のような雰囲気《ふんいき》の空間が広がった。

「ここに私の宝物を置いてあるんです」

「蔵ではなくて……」

「湿気が多いので骨董がダメになるんです。それに、ここなら、いつでも好きなときに、秘宝を拝《おが》めますからな」

この骨董の隠し場所を知っているのは、与兵衛の他はいないという。いや、運び込んだ人足などはいるが、それなりの金を払って、固く口止めをしているという。

「近頃は、書画骨董を狙《ねら》った盗賊がいると聞いております。事実、私の知り合いでも、知らぬ間に盗まれた人がいますしね。気が小さいから、用心に用心を重ねているのです」

部屋の片隅にある箱行灯《はこあんどん》に火を入れると、百数十はあろう茶碗や壺《つぼ》、花瓶《かびん》や皿などの陶器から、壁に掛けられている掛け軸や浮世絵から、屏風《びょうぶ》や刀剣までが浮かび上がった。一見、無造作に置かれているようだが、風を通す障子戸の位置、日射しや湿気のことも考えて、丁寧に安置されている。

「なるほど……これなら、何日でも埋《う》もれていたい気持ちが、私には分かります」

綸太郎が溜息混じりに言うと、与兵衛は箱行灯の側に座って、

「……でございましょう」

と嬉しそうに笑った。明かりに揺れる与兵衛の顔の皺《しわ》までもが、値打ちものの骨董に見紛《みまご》うほどであった。

三

「こうして、自分の物を、自分だけで楽しむのが、骨董を愛《め》でる醍醐味《だいごみ》です」

与兵衛はそう言って、さらってきた女を手籠《てご》めにでもするような目つきで見た。が、刀剣はもとより書画骨董を商売にしている綸太郎には、隠してばかりおくのも勿体ない気がした。

「好きなときに好きな物を眺めるのはよいですが、人にも見せた方がよろしいのでは。別に自慢せよというのではなく、美しいものは誰が見ても心が和《なご》みますからね」

「人様に見せるなんて、とんでもない……ごらん下さいな。この金箔《きんぱく》や金泥《きんでい》で画かれた屏風や古い仏像……作った人たちの鼓動《こどう》が聞こえてきそうです」

「……………」

「焼き物なんぞは、飾るだけではなくて、こうして手に触れることで、ますます愛着が湧《わ》いてくる。この天目《てんもく》茶碗なんぞ、言葉にはできない昂《たか》ぶりをしみじみと感じます……まさしく陶酔《とうすい》でしょうかな」

差し出されるままに綸太郎も手にしてみると、たしかに遠州《えんしゅう》や仁清、中国の白磁《はくじ》や青磁《せいじ》もすべて本物だった。手触りや書きつけられた文様の出来具合や釉薬《ゆうやく》の流れ方などは、見事なものばかりだ。

「独《ひと》り占《じ》めにしたいとおっしゃりながら、私にはこうして見せるのですね」

綸太郎が少しだけ意地悪な訊《き》き方をすると、与兵衛は薄ら笑みを浮かべて、

「先程、申したとおり、『咲花堂』さんには篤《とく》と見て貰いたいのです」

「私に……」

「ええ。中には、紛い物があるかもしれませんからな」

「箱書きや添え状なども一緒に、骨董商から買い受けたのではないのですか」

「ですから、信頼に足りるかどうか……自分では目が肥《こ》えているつもりですが、所詮《しょせん》

は素人《しろうと》ですからな、あなた様に見立てて貰えば、こんな僥倖《ぎょうこう》はありません」

「ここにあるのを、すべて……ですか」

「もちろん、鑑定料はお支払いいたします。真贋も含めて、あなた様が良い物だと思うのを教えて下されば」

「なるほど……」

　綸太郎は頷いたが、まだ了承したわけではない。真贋をはっきりさせるのは構わないが、仮に贋作であったとしても、それを承知で眺めていたいのであれば、綸太郎は良しとしていた。贋物を本物と偽《いつわ》って売り買いするのは、御定法にも引っかかるが、自分が楽しむだけならば、誰に非難される筋合いでもないからである。

　しかし、与兵衛は、本物を見極めたいのかもしれぬ。稼ぎの良い商人だったから、これだけの蒐集《しゅうしゅう》ができたのであろうが、家財道具として飾るのではなく、隠し持つという性癖《せいへき》からして、真贋は大切な要素に違いあるまいと、綸太郎は思った。

「この乾山は……ご存じのとおり、京の雁金屋《かりがねや》という由緒ある呉服屋に生まれながら、野々村仁清から陶器の作り方を教わって、生涯を陶工として生きた人ですが、私にはさほど逸品《いっぴん》とは思えません」

　と手に取って、包むように眺めながら、

「派手な遊び人だった兄の尾形光琳という偉大な絵師がいなければ、どう評せられたか分かりません。普段使いには勿体ないし、かといって飾っておくほどのものでもないと、私は思います」

「そうですか……」

「晩年は江戸に住んでいたそうですが、莫大《ばくだい》な遺産を継いだ人が、暇《ひま》つぶしに作ったとしか思えません。生きるか死ぬかの切羽《せっぱ》詰まったものがないからです」

「茶碗ひとつに、命を賭《か》けろとでも？」

「まあ、そういうことです……ですが、与兵衛さん。この乾山は贋物です」

「えっ……」

与兵衛は驚きで息をのんだが、綸太郎は冷静に言った。

「乾山の焼き物は、沢山、出廻ってますからね、真似《まね》もし易《やす》いのでしょうな」

「ええ、たしかに……茶器に限らず、皿や鉢《はち》、徳利《とっくり》から急須《きゅうす》まで色々な陶器を作ってますからなあ……しかし、この松竹梅をあしらった、絵付け皿なんぞ、見事だと思いますが……」

「贋作ですな」

きっぱりと断じた綸太郎を、驚きの目で与兵衛は見ていた。『波奈』で茶を喫したのは本物だったが、その話はしなかった。

「そうでしたか……私のお気に入りだったのですが……そう言われた途端、割りたくなってきました」

「本物を蒐集したいのならば、そうした方がよろしいでしょう」

言われるままに与兵衛は、その絵付け皿を手にすると、障子窓を開いて、外に放り投げた。庭石があって、パリンと音を立てて割れた。が、そこには既に、割れた皿や茶碗の欠片《かけら》が山のように捨てられてあった。

窯などでは、出来損ないを割るために、必ずこのような風景があるが、まさかただの庵の庭に放置されているとは、綸太郎は思ってもみなかった。

ふと見やると、その先は竹林になっていて、黒ずんだ焼き窯がある。中国の襖絵《ふすまえ》にでもありそうな風情で、竹林からは虎《とら》でも出てきそうなほど鬱蒼《うっそう》としていた。下草の広がる斜面が、そんな想像をさせたのであろう。

「――もしかして、ご隠居さんは、ここで作陶をされてたのですか。それで、その乾山に似せた物を自ら……？」

「そうではありません。真似事はしましたがね……私には才覚がありません。ですが、自分で真贋を見極める目だけは信じていて、たとえ高値で買い求めてきても、贋物だと思えば、割って捨てたのです」

「なかなか勇気のいることですが……」

「もしかしたら、割った中には本物で、凄いのがあったかもしれませんなあ」

自嘲気味に笑った与兵衛は、寂しそうな顔で綸太郎を振り返った。

いつの間にか、雨模様になっていて、外には乳白色の霧が広がっていた。あっという間に蕭々《しょうしょう》と雨が降り始め、空も黒くなり、飛沫《ひまつ》が部屋に吹き込んできた。

慌《あわ》てて、障子窓を閉めようとしたが、

——おや？

と与兵衛は手を止めた。

その仕草に引かれて、綸太郎も表を見やると、能管のような不協和音が響いて、竹林の中に人影が浮かんだ。黒地に赤い格子《こうし》柄の着物に、紫の御高祖頭巾《おこそずきん》である。女であろうが、雨の上に頭巾が邪魔になって、顔までは見えない。だが、目だけは妙にくっきりとしていて、赤味を帯びた瞳のようだった。

「誰だね。また、そんな所で何をしてるのじゃ」

与兵衛が声をかけると、御高祖頭巾の女はそそくさと、その場から離れた。高下駄が陶器を踏《ふ》んだのか、硬い音がする。女の匂《にお》い袋であろうか、雨に混じって少し鼻を突くような香がした。

「おい――！」

思わず声を荒《あら》らげた与兵衛だが、女は竹藪《たけやぶ》に紛れ込むように逃げた。ここは屋敷内ではあるが、竹林は外と繋がっているから、誰でも入ることはできる。とはいえ、鬱蒼としているし、足下も悪いから、わざわざ忍び込むような所ではない。

「またと言いましたが、これまでも？」

綸太郎が尋《たず》ねると、与兵衛は頷いて、

「時々、現れるので……近頃、妙な事が起こっているのだが……」

「妙な事……？」

「私の大事な茶碗や皿などが、幾つかなくなっているんですよ。これだけ集めていますからね……ひとつやふたつ盗んでも、分からないとでも思ってる輩《やから》かもしれないがね、私はどれひとつ欠けても分かります」

「でしょうな」

「もしかして……紅烏《べにがらす》の一味かもしれませんな」

「紅烏……？」

「近頃、江戸を騒がしている盗賊ですよ。噂では、女が頭領だってことですが、誰も見たことがありませんからねえ」

追いかけようにも、この窓から出ることはできない。隠居の足でも追いつくまいと思った綸太郎は、考えるまでもなく、屋敷から飛び出していった。

「あの女は、私が……」

庵から表の路地に出た綸太郎は、まだ残っている匂い袋の香を追うように、細い坂道を登っていると、『松嶋屋』の前に文吉が傘をさして立っていた。

「若旦那。雨になったので持って行こうと思って……」

と番傘を差し出した。

「気が利くな……それより、女を見なかったか。頭巾を被っていたのだが」

「ああ、それなら今、そこを……」

曲がった方を、文吉は指さした。番傘を受け取った綸太郎は、言われた細い路地へ向かうと、女の後ろ姿があった。白い花柄の帯は雨に濡れている。芸者のように左褄《ひだりづま》を取りながら、先へ急ぐ女の後を、綸太郎は追った。

女は尾《つ》けられていることに気づいているのか、そうでないのか、一度も振り返ることなく、神楽坂に戻ると、一度、牛込からさらに登って、赤城《あかぎ》神社の方に戻り、そこから遠廻りをするように、軽子坂の方へ戻った。

そして、河岸近くの船荷人足らが立ち寄る赤提灯《あかちょうちん》が並んでいる界隈《かいわい》を過ぎると、また路地に入って、奥まった所にある何処にでもありそうな長屋の木戸口を潜《くぐ》った。

「あら、香苗《かなえ》さん。雨に降られてしまったのかい」

長屋のおかみさんが声をかけた。御高祖頭巾の女は、特に悪びれる様子もなく、

「参りました……俄雨になるとは……」

「何処かで雨宿りでもしてくれればよかったのに……」

「そうでしたわねえ」

「お武家の方は融通《ゆうずう》が利かないんですねえ、あはは……駒之助《こまのすけ》ちゃんは、もう手習所から帰ってますよ」

屈託《くったく》なく話しかけた長屋のおかみの前をすり抜けて、一番奥の部屋に、女は入った。一度だけ、木戸口の方を振り返ったが、綸太郎の姿には気づいていないようだった。

戸を開けた途端、中から男の子が迎えに出てきた。まだ前髪の十一、二歳くらいであろうか。粗末な着物に、日焼けした細い腕である。その手を見て、

——おや？

と綸太郎は思った。『松嶋屋』の無花果を盗んだ子供の手ではないかと思ったので

ある。一度、見た物は忘れないというのは、刀剣目利きとして修業をしたからであろう。

「母上。今日は、無花果を頂いてきました。これで、体が良くなるのではないでしょうか。お医者様が煮て食べてもいいと教えて下さいましたよ」

などと言いながら、家の中に入った。

――母子《おやこ》だったのか……。

しかも、言葉遣いといい物腰といい、武家のようである。何か深い訳があって、侘《わ》び住まいをしているのであろうと、綸太郎は察した。そんな武家女が、何故に隠居屋敷の竹林に忍び込んでいたのかという方が、気になっていた。

四

翌朝も、秋雨が降り続いていた。ぬかるんでくると、神楽坂は途端に歩きにくくなる。坂道とはいっても、石畳で区切った二間幅の階段が続いているので、転げ落ちたりすることはない。

雨水は側溝に流れて、それが下流に向かう仕組みになっている。それでも雨脚が強いと、十分に水が土に染《し》み込まず、ちょっとした水たまりができる。出商いの者たちも、足取りが重くなるのか、人出もまばらだった。

「やはり、ここは落ち着くな……三年くらい起居した所ですからな」

綸太郎が『波奈』で茶を楽しんでいると、女将の波奈は艶《つや》やかな笑みで、

「そう言って下さると嬉しいです。よろしかったら、お二階を使って下さっても結構でございますよ」

と屈託なく言った。綸太郎は一瞬、戸惑った顔になって、

「いや、それは、いかにもまずいでしょう。独り身の女の人の家に転がり込んでは」

「あら、ひとり暮らしと決めてらっしゃるのですか」

「え……ああ、そりゃそうですわな……あなたほどの美しい方が独り身のはずがない」

「猫が一匹おります。雌《めす》の三毛《みけ》なので、珍しくもなんともありませんが」

「あ、ああ……そうでしたか……猫も雌ならば、女所帯で不用心ですな。でも、やめておきましょう。しばらくは、すぐそこの月見坂にある『松嶋屋』に世話になってますから」

「料理茶屋の……」

「はい。主人も料理人も代わりましたが、なかなか美味いものを出しますので、今度、ご一緒致しましょう」

「今度とお化けは出たことがないと言いますけれど、楽しみにしておりますわ」

誘われて嬉しいのか、慇懃《いんぎん》に断っているのか分かりにくい波奈の微笑に、綸太郎は少し戸惑って、

「昨日は気づきませんでしたが、少し墨の磨《す》ったような匂いがしますな」

「あら、ごめんなさい……二階ですが、硯《すずり》を出しっぱなしで……」

「書でもやられてるので?」

「ええ。下手の横好きです。近所の子供たちにも少し……」

「教えているのですか。女だてらにと言っちゃ失礼だが、そりゃ大したもんや。今度、私も教えて貰いたいですな」

「また今度が出ましたね」

波奈が屈託の笑いを浮かべたとき、

「ごめん下さいまし」

と声がして、旅姿の女が入ってきた。三十路《みそじ》をとうに過ぎた年増《としま》だが、上品で細い面立ちである。取り澄《す》ましているように見えるのは、睥睨《へいげい》するような目つきのせいで

あろう。

　アッと大声を上げてから、

「なんや、姉貴やないか。聞き慣れた声やと思うたら……なんで、また！」

　綸太郎が腰を浮かすと、姉貴と呼ばれた年増はジロリと波奈を値踏みするように見廻しながら、

「へえ……あんたの女癖《ぐせ》は、まだ治ってないんかいな」

「女癖て……人聞きの悪いことを言わんといて下さい。それより、どうして姉貴が江戸くんだりまで」

「あんたが、またぞろ勝手に旅に出たからどす。店の者がすぐに追いかけて来たのやが、見失《みうしの》うたから、どうせ江戸に現れるやろと、私は先廻りして『日本橋利休庵』の者らにも頼んで、待ち構えてたんどす」

　京訛《なま》りではあるが勝ち気な口ぶりである。

「待ち構えてたって……」

　困惑気味になる綸太郎に、姉は威圧するように睨《にら》みつけて、

「お父はんは、おまえを見つけしだい、連れて帰れと言ってますが、引きずって行くわけにはいかんしな。さあ、どないします」

「どないしますと言われても、まだ江戸に来たばかりですからな、またこの神楽坂で、しばらく暮らすつもりです」

「この女とですか」

「何をバカな。昨日、会ったばかりの人ですしね。近所のよしみです」

「近所……」

「ええ。近くの料理茶屋で、世話になってるんです。両日中には、新しい所を決めます」

「へえ、そう……私はてっきり、この女を囲うてるのかと思いました……だって、ここは前に、おまえが店を出してたところでしょ？　ええ、近所の人たちに聞いて廻ってます」

「——姉貴……」

あからさまに迷惑そうな顔になった綸太郎は、波奈に軽く頭を下げて、店から出て行こうとした。その手をサッと摑んで、

「綸太郎。逃がしませんよ。またぞろ、妙な芸者に引っかかって、実家に迷惑をかけられては困りますよってな」

「だから……この人は何も関わりありませんよ」

「これから、そうなるつもりでしょう。顔にそう書いてます。おまえが考えてることは、私にはよう分かりますし」

　姉はそう言うと、波奈を振り向いて、

「上条綸太郎の姉の美津《みつ》と申します。以後お見知りおきのほど、あんじょうよろしく頼んます……とは言いますけれど、二度とうちの跡取りと会わないで下さいまし」

　まるで波奈のことを悪女とでも言いたげに口元を歪《ゆが》めて念押しをすると、綸太郎の手を引いて表に出た。

　波奈はクスッと笑って見送るだけだった。

　店の外は、小雨にはなったが、まだ雨が降り続いている。足下も悪いから、美津は眉間《みけん》に皺を寄せて、

「おまえのお陰で、私までが割を食うハメになったやないの」

「姉貴、ひとりで来たのかいな。峰吉《みねきち》は」

　長年、『咲花堂』に仕《つか》えていた番頭で、前に江戸に来たときには、綸太郎の見張り番でもあった。

「あいつはもう、暇を出しました」

「えっ……」

「私がじゃありまへんえ。峰吉から暇請いを言い出したんどす。それで、それなりにまとまった金を与えたし、生まれ育った大坂《おおさか》へ帰って、のんびりしてはるでしょう。そんなことより、あの女はあきまへんえ」

「はあ?」

「この店の女将やがな。おまえを不幸にする悪いもんが取り憑《つ》いてる。しかも、何か人に言えない秘密を隠してる。近所の人に聞いてみても、よう分からん人やという評判やよって、近づかん方がええ。よろしいな」

「いきなり現れて、なんや、もう……」

八歳も年上の姉のことが、綸太郎は子供の頃から苦手なのである。気性が強すぎたのか、嫁いだ先から一年も経たぬうちに、三行半《みくだりはん》をつきつけられて出戻ったのだ。そんなことを、もう三度ばかり続けている。

丁度、綸太郎が江戸から芸者の桃路を連れて、京に戻った頃にも重なっていたから、なんやかやと口うるさく絡んできては、昔のように細かいことでちょっかいを出してくるのだった。

それが嫌だというのもあって、京を離れたというのに、なんという災難なことだと、綸太郎が溜息をついたとき、

「ちょいと尋ねる」

と背後から声がかかった。

振り返ると、小銀杏《こいちょう》の髷《まげ》で、着流しに黒羽織という定町廻り同心姿の中年男だった。すらりと背が高く、いかにも切れ者という風貌《ふうぼう》の侍で、一見しただけでも剣術の腕前もたしかだと分かる。

その少し後ろには、謙《へりくだ》ったように腰を屈めているが、体つきはガッチリしていて、岡っ引らしい鋭《するど》い目つきの若い衆が控《ひか》えていた。じっと上目遣いで、綸太郎のことを睨みつけている。

「感じ悪いなあ……」

思わず綸太郎は口にしたが、岡っ引は表情を変えずに、凝視していた。

「南町奉行所の定町廻り同心・長崎千恵蔵《ながさきちえぞう》という者だ。こいつは、俺が御用札を渡している岡っ引の七五郎《しちごろう》……この辺りを縄張りにしているので、神楽の七五郎で通っている」

聞きもしないのに挨拶をされて、綸太郎は困惑気味に首を傾げた。南町奉行所の同心といえば、内海弦三郎《うつみげんざぶろう》には色々と世話になったと話をすると、

「ああ。聞いてるよ。だが、内海は奉行所の金に手を出して、御役御免《おやくごめん》だ。今は何処

で何をしているか、誰も知らぬ」

「さいですか……」

綸太郎には様々な思いが脳裏を過ったが、口にはしなかった。ただ、悪びれた態度の割には、正義感を心に抱いていた同心だと思い出していた。

「で、私に、何か……」

「ゆうべのことだがな。軽子坂の〝ふくろう長屋〟で、おまえを見かけたという者が何人もいるのだが、何をしていた」

「〝ふくろう長屋〟……？」

「惚《とぼ》けなくてもよい。『神楽坂咲花堂』の主人だったことは、多くの者が覚えておる。あの長屋に住んでいる、香苗と駒之助母子を張り込んでいたそうだが、何故だ」

「ああ……やはり、母子ですか」

「何故だ、と訊いておる」

「特に意味はありまへん。ただ、昨日……」

加賀藩の別邸だった庵で、隠居暮らしをしている『佐渡屋』与兵衛のことや、庭の竹林に入っていた女のことを綸太郎は話した。

「本当に、それだけのことか……」

「はい。何か？」

「ならば、あの母子には、二度と関わらぬことだ」

「…………」

「あんたは、ご老中の松平定信様はもとより、将軍家が一目置く、いや畏《おそ》れている大層な御仁らしいが、俺には関わりない。よいな。でないと、あんたも仲間と見なすゆえ、そう心得ておけ」

喧嘩《けんか》でも売る口調でそれだけ言うと、ハラリと羽織を翻《ひるがえ》すように立ち去った。着物の裾をたくし上げている七五郎も、「分かったな」と念を押すように睨みつけ、踵《きびす》を返した。

「なんのこっちゃ」

綸太郎が吐き捨てるように言うと、美津はなぜかハハンと頷いている。

「もしかしたら、あの仇討《あだう》ちのことかもしれへんな……」

事情を察したような顔になった。子供の頃から美津は、人の噂話が好きで、何でも知っている〝地獄耳《じごくみみ》〟と呼ばれていた。人への迷惑を顧《かえり》みず、余計なことに首を突っ込むのは、綸太郎に輪を掛けて好きなのだ。が、結末を付けずに、散らかして知らんぷりをするのが、悪い癖だった。

「――姉貴……余計なことだけはせんといてくれ」

「あんたもな」

「姉貴がやろ」

「いや、あんたこそ、気をつけや……四柱推命《しちゅうすいめい》や風水によるとな、どうも今のあんたは、江戸に来たらあきまへんのや」

真剣な顔で占いまで持ち出してくると、ますますややこしくなることを、綸太郎は百も承知していたから、気を紛らわすために、美味いものでも食いにいくかと誘った。

これが大間違いだった。

美津は三度の飯よりも、酒が大好きである。しかも、〝大虎〟である。一杯が二杯、二杯が一合、一合が三合、五合と飲んでいるうちに、『松嶋屋』の座敷で、他の客を摑まえては、

――近頃の男はなっとらん！　性根がなさすぎる！

などと大説教をぶちまけまくった。三度も嫁ぎ先から追い返された理由を、綸太郎は改めて納得するのだった。

五

その翌日の昼下がり――。

二日酔いが治まらず、『松嶋屋』の二階で寝ている美津を横目に、こっそりと階下に降りてきたとき、

「若旦那……ああいうのをウワバミっちゅうんですな」

と文吉が玄関先を掃除しながら、声をかけてきた。

「すまんな。恥ずかしゅうてしょうがない。あれでも、もう少し若い頃は、和歌などもやってたから、小町《こまち》とおだてられてたんやがな。どこでどうしてああなったのか……いや、三つ子の魂《たましい》百までっちゅうやつや」

「そうなんですか？」

「ああ。まだ三歳にもならん私を鴨川《かもがわ》に突き落としたり、清水《きよみず》の舞台の手すりから逆さ吊《づ》りにしたり……幼心に覚えてるわい。怖かったで、そりゃ……」

「とんでもありませんな。その割には、若旦那さんは立派になられて、よかった」

「立派ではないがな。他人《ひと》にはゼッタイに悪さはせんでおこうと思った」

「へえ。よく存じ上げております。若旦那は嘘をついたり、人を騙《だま》したり、陥《おとしい》れたり、ましてや傷つけたりしませんものね」

文吉はニコリと笑うと箒《ほうき》を傍らに立てかけて、

「ところで、若旦那さん……この前の無花果泥棒のことですが……」

と訊いた。唐突だったので、綸太郎は「え?」と訊き返したが、すぐに〝ふくろう長屋〟の母子のことだと気づいた。だが、庵の隠居にも誰にも話していないはずだが、文吉はすでに知っていたようで、

「旦那が見かけた御高祖頭巾の女ってのは、軽子坂の長屋に住んでる武家女でしょ」

「ああ、おまえも知ってるのか」

「へえ……あの女なら、ちょいと厄介《やっかい》ですから、あまり関わらない方がいいです」

「どうしてだ?」

「それは……え、へえ……」

言いよどむ文吉に、綸太郎は責めるつもりはないが、少し強い口ぶりで、

「南町の同心が関わるなと言い、姉貴までが、あの母子については悪い噂があると話しよった。ゆうべも酒を飲みながら、随分とな……そういや、仇討ちがどうのこうのと言うておったが、あの母子は誰ぞを敵《かたき》と狙っているのかい」

「――余計なことかもしれませんが……」

　文吉は自分から聞いたとは言わないでくれと念を押して、若旦那だから話すと真剣なまなざしになった。

「あの奥方の旦那様は……何処の藩かまでは知りませんが、お殿様の御側役をしていたそうなのです。で、殿様から預かった刀をなくしてしまったのです」

「なくした……？　そんなことがあるのか」

「あっしも詳しいことは分かりません。でも、そのために旦那様は切腹を余儀なくされ、汚名を着せられたまま、領内に墓を作ることもできなかったとか」

「ふむ……」

「ですが、後になって、殿様の刀は別の誰かが盗んでいたことが分かり、お殿様のもとに戻ったのですが……贋作だったそうです」

「贋作――!?　では、殿様は贋作を持っていたということか」

「そうではなく、本物と贋物がすり替えられたということらしいのです。お殿様は、本物を返せと躍起《やっき》になったそうなのですが、盗んだ奴は、『盗んだ刀を返したまでで、贋作かどうかは知らない』と言ったとか……お殿様の方は、本物を盗んで、贋物を返したとお怒りになったってことですが」

「その盗んだ者とは？」

「さあ……あっしは、そこまでは……でも、そのお陰で、あの母子は旦那様が盗人扱いされて切腹までさせられ、国を追われる身になったのですからね。盗んだ奴を怨むのは当たり前でしょうねえ」

文吉が何故、その話を綸太郎にしたのかは分からないが、興味を抱いたのは、ちらりと垣間見《かいま》見た母子が〝仇討ち〟を企《たくら》んでいるかもしれぬということだ。長屋のおかみさんは、あの御高祖頭巾の女のことを、香苗と呼んでいたのを思い出した。

「――子供の方は、たしか駒之助……だったな」

綸太郎は、どうしても今一度、〝ふくろう長屋〟を訪ねたくなった。町方同心に、近づくなと釘《くぎ》を刺されたから尚更《なおさら》である。

長屋の木戸口に立つと、駒之助が勢いよく飛び出してきた。

「危ねえなあ。おじさん！　何処に目をつけてやがんだ。気をつけろよなッ」

口汚く言ったのを、綸太郎は不思議《ふしぎ》そうに見やった。この前に見た、母親に対する態度と違うからである。

「薬代わりにしたのか、小僧」

唐突に、綸太郎が訊くと、駒之助は首を傾げて、

「何の話でえ」

「人の庭から無花果を盗んじゃいけないだろう。しかも貰ったと母親には嘘をついた。金に困ってるのか」

「——えっ……」

困惑したように目を伏せて逃げ出そうとする駒之助に、綸太郎は声をかけた。

「父上の無実を晴らしたいのか？　仇討ちは藩や奉行所の許しを得なければ、しちゃならない。下手をすれば、おまえたちの方がお縄になってしまうぞ」

駒之助は俄に鋭い目つきになって、綸太郎を見上げて、

「あんた……一体、誰なんだい……」

「通りすがりの者だ。おまえの母上にも話を聞きたいが、ご在宅かな？」

「…………」

「私は別に役人でもなんでもない。刀剣目利きをしている上条綸太郎という者だ」

「そんな人が、なんで母上に……」

「お父上があらぬ罪を被せられて切腹したらしいが、無実ならば、殿様に謝って貰わねばならんだろう。もっとも、それでお父上が帰ってくるわけではないが、悶々《もんもん》と暮らしているよりはいいだろ。ましてや怨みを抱いて生きていくのは、もっと辛《つら》いこと

だと思う」

「何が言いたいんだ、おっさん……」

と言いながらも、駒之助は長屋の奥の部屋に案内した。

いわゆる九尺二間の狭苦しい裏店《うらだな》だが、土間のへっついも綺麗にして、六畳程の部屋も余計なものがなく、清潔に掃除されていた。そこには、艶やかな黒髪を結った、切れ長の目で心の強そうな武家女がいて、内職であろうか、何か縫《ぬ》い物をしていた。

「母上……上条綸太郎さんという方です」

「——はあ……？」

戸惑いの表情ながら、香苗は綸太郎の名を知っている様子で、

「もしや、『神楽坂咲花堂』さんの……」

「ええ、そうです」

「この辺りの方々から、聞いておりました。実は、刀のことで少しお聞きしたかったのですが、もう江戸にはおられぬと……」

「たまさか舞い戻ってきたばかりなんです」

綸太郎は、与兵衛の庵で見かけたことは話さずに、招かれるままに土間に入って、耳にした噂をざっくりと伝えた。廻りくどいのは嫌いなので、素直に問いかけただけ

だ。香苗は戸惑いを隠しきれずに、しばらく俯《うつむ》いていたが、

「たしかに、私の夫・田辺八右衛門《たなべはちえもん》は不祥事をしでかしたと誤解され、お殿様より叱責《しっせき》を受けました。でも、そのことで誰かを怨むことなんぞは致しません」

とキッパリと言った。

「ちなみに、何処の御家中の方ですかな」

「それにはお答えしかねます。お殿様にご迷惑がかかりますから」

「藩主の失策が世間に知られてはまずいとでも？　しかし、もうご主人は……」

「ですから、ご勘弁下さいませ」

頑として人を寄せ付けない意志の強さを、香苗の顔つきで感じた。綸太郎はそれならばと少し意地悪な目になって、

「なぜ……与兵衛さんの屋敷に入っていたのです？」

「!?…………」

香苗は驚いた目になったが、綸太郎はじっと見据《みす》えたまま、

「惚けても無駄ですよ。私はその後をずっと尾けてきたのです。まだ、与兵衛さんには、あなたのことは話していませんが、一体何をしていたのです」

「…………」

香苗は目を細めて何か迷っていた様子だったが、意を決したように、

「盗みをしたとでも？　……分かりました。あなた様が上条綸太郎様と分かった上は、今も少し話したとおり、逆にお願いがあります。相談に乗って下さいませんか」

「刀のことで、ですか」

「はい。そうです。急なことでご迷惑でしょうが、どうか……」

思い立ったら吉日という考え方を持つ綸太郎は、不思議な出会いを大切にする気質であった。ゆえに、目の前の武家女が刀のことで話があるということに、心惹かれた。俄にそわそわし始めた駒之助に、香苗は手習所に行って本を読んでなさいと命じて、綸太郎とふたりだけになった。そして、

「一緒に来て貰いたい所があります」

と申し出た。

「何処でしょうか……」

「来て下されば分かります。ですが、ひとつだけ、お約束下さい」

「………？」

「これから行く場所を、誰にも話さないで欲しいのです」

「どうしてです」

「あなた様にとっても、きっと、お役に立つことですから……損はさせません」

香苗の口ぶりは、綸太郎にとっても良いことだと言いたげに聞こえた。

六

軽子坂を登って、赤城神社の方へ行くと、武家屋敷や小さな寺社地が点在しており、雑木林が所々にあった。その中に、人が訪ねて来ないような稲荷神社なども散見されたが、小径《こみち》を進むと、小さな祠《ほこら》があった。

太鼓や鼓《つづみ》、三味線《しゃみせん》などの音が、何処からか聞こえてくる。そういえば、桃路がいた芸者の置屋もこの辺りにあったと思い出しながら、前を歩く香苗に尾いて行っていると、不気味なくらい大きな声で鳥が鳴いた。

「——鳥の声って、嫌ですわね」

香苗が静かに言った。

「近頃は、紅鳥という盗賊が江戸のあちこちに出没しているらしいですが、そんな色の鳥がいたら、気持ち悪いですねえ」

「紅鳥っていうのは本当にいるので？」

「なんでも、盗んだ所に、紅色の折り紙を置いていくらしいです。折り鶴ならぬ、折り鳥ということなんでしょうか」

「顕示したいのですかね……町奉行所でも探索をしているようですが、なかなか捕まりませんから、金持ちは枕を高くして眠れませんでしょう。私のような貧しい者には関わりありませんが」

「貧しいだなんて……」

「本当です。武家なんて、身分を失ったら、物乞いと大して変わりませんから……そういえば、紅鳥は貧しい人たちに、お金を恵んでくれると聞いたことがあるのですが、うちにも分けてくれませんかねえ。育ち盛りの男の子がいるものだから」

「元気そうなお子さんだ」

「それだけが取り柄《え》です。ですが、今更ながら、父親が生きていれば……と思います」

四方山《よもやま》話をしながら、さらに深くなっている雑木林に入ると、冷たい風が吹き込んできて、綸太郎は突然、不思議な心持ちになった。すぐそこが江戸城とは思えぬほどの、深山《みやま》に踏み込んだように感じたからである。

「まさか、私が狙われてるのではありますまいな」

「――は……？」

「実は、江戸に出てくる道中、妙な輩に尾けられていた節《ふし》がありましてな」

「…………」

「以前、私が色々と画策をして、公儀に謀反《むほん》を働いたと疑われたこともありますので」

「謀反……!?」

香苗は事の大きさに息を呑んだ。綸太郎は脅《おど》かすつもりはなかったが、なんでもバカ正直に話してしまう癖がある。

とはいえ、綸太郎が江戸に来ることによって、またぞろ松平定信ら老中に、何かピリピリとした反応があるのは確かだった。定信とは権勢を争っている一橋《ひとつばし》家と繋がりがあるからである。

「もちろん、疑いは晴れてますがね。私はただの風来坊《ふうらいぼう》同然の刀剣目利き。そして、骨董の鑑定師に過ぎませせぬ」

「――さようでございますか……その話を聞いて、私、ますますお頼みしたくなりました、綸太郎さんに……」

と香苗は意味ありげに微笑んだ。

野良猫《のらねこ》が何処かで鳴いていた。発情する時節ではない。喧嘩をしているだけかもしれぬが、鬱蒼とした雑木林に異様なほど大きく響き渡って、不気味ですらあった。その奥には、まるで、趣味人のような〝わびさび〟を感じさせる茶室がぽつんとあった。

「――ここは……？」

「うちの工房なのです……田辺家で雇っていた刀鍛冶《かじ》に作らせているのです」

「刀を……」

「はい。江戸にも優れた刀鍛冶は沢山《たくさん》いると思いますが、田辺家で代々、任せているのは、越後虎徹の流れを汲《く》む者でございます」

虎徹《こてつ》は、長曾禰興里《ながそねおきさと》という甲冑《かっちゅう》造りの名人が、刀工になったときの名である。長曾禰一族は元を辿《たど》れば越前《えちぜん》国の出だが、鍛冶一族として、室町《むろまち》時代から戦国時代にかけて名を馳《は》せた名門だ。

もっとも、太平《たいへい》の世になって、戦《いくさ》に使う甲冑は不要になったがため、長曾禰一族も少なくなり、刀の造りも変わってきた。

鎧兜《よろいかぶと》をつけて戦うのと、着流しで斬り合うのでは、用途が違う。長曾禰興里が刀工になったのは、江戸に移ってきてからのことである。実戦用というよりは、護身のためであろうが、尾張《おわり》徳川家を始め徳川一門や譜代《ふだい》大名が好んで手にしたので、新刀としては値打ちが上がったのであった。

だが、反《そ》りが浅くて無骨《ぶこつ》であるため、鑑賞して美しいものではない。ゆえに、刀鍛冶としての評価は高いものの、上方《かみがた》の国広《くにひろ》や助広《すけひろ》に比べて野暮《やぼ》ったいと、綸太郎は思っていた。

「ほう……虎徹の流れを汲む刀工を雇っているのですか」

「はい。ご存じかとは思いますが、虎徹は石田三成《いしだみつなり》のお膝元、佐和山《さわやま》城下で生まれ、その城が落ちてから越前に落ち延《の》びました。私の夫の先祖は、三成公の家臣のひとりでした。その頃より、我が家とは付き合いがあるらしく、お殿様に虎徹を献上したのも、夫なのでございます」

香苗は、掃き清められた茶室の露地のような、水を打った石畳を歩き、枯れ葉も混じっている庭木の間を奥へと向かった。鉄を打つ音も聞こえず、深閑《しんかん》としている。鍛冶場があるとは、とても思えない。手水鉢《ちょうずばち》や石灯籠《いしどうろう》もあり、サツキやツバキ、ナンテンなどの庭木も品良く整えられていた。

時を感じさせる苔《こけ》も広がり、茅葺《かやぶ》きの茶室には、躙り口がきちんとあって、綸太郎は何とも言えぬ気持ちになった。

「如何なさいました?」

足を止めた綸太郎を、香苗は振り返った。

「妙な感じがします。本当に刀工がここで仕事をしているのですかな」

「あなた様をもてなす茶席もあるので、ご安心下さい。実は、亡《な》き夫が茶碗や壺など作陶するために、お殿様から借りていた所で、ここだけは私たちに残してくれたのです」

「ということは、江戸屋敷詰めだったのですか、ご主人は……しかも、このような趣味人だということは、家老職とか留守居《るすい》役とか、かなりの身分だったのでしょうな」

「はい……あ、詮索はおよし下さいまし」

「…………」

「まあ、いずれ分かるかもしれませんが、今日のところは……」

「しかし、このような立派な屋敷がありながら、なぜ長屋住まいなど」

「――駒之助のためです」

「ご子息の」

「私とふたりきりでは、子供の情操《じょうそう》のためによくありませぬ。世の中には色々な人たちがいるのだということを、肌で感じて貰いたいからです。手習所も、ほとんどは町人の子たちですから」

「なるほど……」

「私たちは、武家に戻ることはできないかもしれません……でも、御家を再興できることを密《ひそ》かに期待しているのです」

「殿様は、お認めにならぬのですか。あなたのご主人がやらかしたことではない。間違いであったのに……」

それには応えず、香苗は冠木門《かぶきもん》をあしらったような奥の玄関に行き、中へ入った。誘われるままに綸太郎も履《は》き物を脱いだ。

外から見るよりも、随分と大きな屋敷である。庵と称するものではない。広々とした部屋も、庭の造作も小堀《こぼり》遠州を倣《なら》ってのことか広々としており、障子窓から外の明かりを存分に取り入れている。その一方で、いかにも鍛冶工房のような焼けたような大黒柱や天井があって、艶やかに光っていた。

奥に、二、三人の人影が見えたが、香苗は刀工だと言った。丁度、休んでいるのであろうか、寛《くつろ》いでいるようにも感じるが、はっきりと顔は確認ができなかった。

茶室のように、釜には湯が沸《わ》かされており、茶道具も揃《そろ》えられていた。綸太郎が驚いたのは、緋毛氈《ひもうせん》の上にずらりと数十もの様々な茶碗が並べられていたことである。

美濃《みの》、志野《しの》、織部《おりべ》、唐津《からつ》、楽《らく》など様々なものがある。一見して、綸太郎は分かったが、

「――もしや……」

と思わず手にしてみて、

「これは高麗茶碗《こうらい》……しかも、利休好みのようやが、贋物でんな……この碗形はよろしいが、この淡《あわ》い霧のような釉は、いかにも出来が悪い」

「…………」

「なんで、こんなものが仰山《ぎょうさん》あるのです」

綸太郎は他のものも掌《てのひら》で包み込むように眺めながら、

「素人は騙せても、骨董商などの目利きには分かります。贋作の工房ですか、ここは」

と言った。〝ナントカ打ち〟というような、贋作を作る集団が諸国には幾つもあったというが、まさか神楽坂にあろうとは思ってもみなかった。

「――さすがは『咲花堂』さんですね。利休や織部、遠州から伝えられたと見せかけた贋作なのですが、通じませんでしたね。でも、こんなことを言ってはなんですが、江戸の町中の骨董商で、きちんと見分けられた人は少なかったですよ」

「いや、たしかに細かなところは本物と区別できないくらいの肌ざわりをしてるが、釉薬や高台の皺などは、選ばれた土や焼いた窯によって違うから、よく見れば分かるはずです」

「そう思いますか……」

「贋物と承知で楽しむのは結構やが……これらは、どないしたんです」

責め立てるように言った綸太郎に、香苗は困ったような、それでいて恋い焦《こ》がれていた男に嫌われたような切ない表情になって、

「いけませんか……」

と震えを抑えるように言った。

「いや……どうして、こんなにあるのかと思いましてね、贋作が」

「…………」

「もしかして、ここで贋作を作ってでもいるのですか」

と綸太郎が訊くと、香苗は何がおかしいのか、急に笑い声を洩《も》らして、

「よろしければ、おひとつ如何でしょうか。いえ、ぜんぶ差し上げてもよろしゅうございますよ、綸太郎さんに」

「どういうことです……」

「たとえ贋作であっても、『咲花堂』さんで売れば、本物になるのではありませんか」

「ばかばかしい……」

綸太郎は俄に腹が立って、帰りたい衝動に駆られたが、香苗は微笑のままで、

「そうおっしゃらず、もう少しお付き合い下さいませ。そしたら、私がなぜ、『佐渡屋』のご隠居、与兵衛さんの庵に行っていたのかも、分かると思います」

「…………」

身の置き場に困ったように体を捩《もじ》っていた綸太郎は、冷静な表情に戻って、

「あなたは本当に……田辺八右衛門という人の奥方なのですか」

「ええ、そうですよ。お疑いならば、幾らでも調べて下さいまし……それより、綸太郎さんにお願いしたいことがあります」

「贋作に、それこそ贋の〝折紙《おりがみ》〟を付けるのはご免被《こうむ》りますよ」

鑑定書のことである。

「まさか……そんなことは、お頼み申し上げません。刀を見て貰いたいのです……私の夫が、ずっと持ち続けていた虎徹を」

「虎徹……」

「はい。お殿様に献上したのと双子のようなものなのですが」

怪《あや》しげな光を放った香苗の目に、綸太郎は吸い込まれるように立ち尽くした。

七

茎《なかご》や刀身彫などから見て、本物の虎徹だと思われた。長さが二尺三寸四分なのに、反りが二分六厘と浅いから直刀に近く、鎬《しのぎ》が高く、その特徴である数珠刃《じゅずば》から見ても、間違いなかった。

綸太郎はじっくりと見定めてから、鞘《さや》に戻して、

「たしかに……虎徹の業物《わざもの》ですな」

と言った。

目の前で見ていた香苗は何度も頷きながら、

「そうでしょうとも」

納得したように、後ろに控えていた刀鍛冶らを見やった。

「この者たちは、我が田辺家に仕えていた刀鍛冶で、虎徹の流れを受け継いだ者で、伝蔵《でんぞう》と吾市《ごいち》といいます」

と香苗は、若いふたりを紹介した。綸太郎は挨拶をしてから、

「虎徹には子供がいましたが、跡を継いで刀鍛冶にはならなかったはず。弟子が、名跡を継いで興正《おきまさ》と名乗り、神田で仕事をしていたらしい。他にも興久《おきひさ》や興直《おきなお》という内弟子もいたそうだが、自ら一家を構えることはなかったとか……流れを汲むとは、どういう筋ですかな」

「先程、言いましたとおり、田辺家と虎徹興里とは深い縁がありましたから、その弟子筋に学んだのでございます」

「さようですか……」

綸太郎は控えている、まだ若い刀鍛冶を凝視していたが、それほど修業を積んだような男たちには見えなかった。

「しかし仮に……弟子筋が鍛《きた》えた刀だとしても、虎徹としての銘《めい》を入れるのは、してはならぬことです」

「承知しております」

「もっとも、真似をしようとしても、虎徹の場合は、『長曾禰虎徹入道興里』と九文字もあるから、どれか一字くらいは本人とは違う出来になってしまう。むろん、作刀した時代によって少し風合いが違うが、細かな癖までは同じにはできませんからな」

「でも、素人目に分かるでしょうか」

「少なくとも、これは……」

綸太郎は手にしている一振りを掲《かか》げて、本物だとお墨付きを出せると言った。虎徹が作ったものを、深い関係にあった田辺家の者が所蔵していても不思議ではない。そして、その刀を模範にして、その弟子筋から学び、修業した刀鍛冶が、同様のものを作ることもできるであろう。

「しかし、その狙いが何であるかが、私たち目利きには気になりますな」

「使い道……ということですか」

聞き返す香苗に、綸太郎はしかと頷いて、

「そうです。刀鍛冶を目の前にして釈迦《しゃか》に説法でしょうが、今日の国広やその弟子の国助《くにすけ》や国貞《くにさだ》……さらには、国助の弟子の助広などは、美しい刀身が優れたものだとして、技を競い合いました。ですが、虎徹に限らないが、江戸刀鍛冶は、越前康継《やすつぐ》もそうだが、美しさよりも、斬れ味がすべてでしてな」

康継は、徳川家康《いえやす》と秀忠《ひでただ》に奉仕した刀鍛冶で、茎に葵《あおい》の御紋を許されていた名門中の名門だが、虎徹の方が斬れ味は鋭いというのが定評であった。事実、公儀腰物奉行配下で、試し斬り役の山田浅右衛門《やまだあさえもん》の差し料であったし、後の幕末にいたっては、剣術使いの山岡鉄舟《やまおかてっしゅう》や勝海舟《かつかいしゅう》、近藤勇《こんどういさみ》らが好んで使っている。

「試し切りには、〝生き胴試し〟と〝死人試し〟、そして〝堅物試し〟がありますが、あなたたちの業物を試したことは、当然、ありますわな？」

「もちろんです。でも、生きた人を斬ることはできません……ええ、お役人が罪人を斬るときくらいしか、できませんから」

「辻斬《つじぎ》りもいるが、な」

綸太郎は意地悪な言い草をしたが、刀鍛冶たちは首を振って、

「滅相もない……死体ですら斬ったことはありません。自ら鍛えた物をやるのは、〝棒試し〟と〝巻藁《まきわら》試し〟くらいです」

「できれば、〝鹿の角試し〟と〝水試し〟もした方がよろしいな」

棒や青竹はスパッと斬れても、硬い鹿の角などは、鍛造が甘いとたちまち刃こぼれがしてしまう。〝水試し〟とは、刀の腹を上下にして思い切り水面を叩くことだが、これが意外とポキリと折れたりする。峰《みね》で打つのも折れやすいのだ。

生身の人間が斬り合っているときに、刀が折れれば、それこそ致命傷を負うことになる。斬れ味はもちろん大事だが、何度叩けば折れるのか、その強さを知っておく必要も、刀鍛冶には求められるのである。

「で……香苗さん。あなたが夫の遺志を継いで、虎徹を作る狙いはなんですか」

「狙い……」

「何か目的があるからこそ、密かに、このような所で作っている。そして、わざわざ私に見せようという意図も知りたいですな」

「――なんだか怖いですわ……」

香苗は溜息混じりに、綸太郎を見やり、

「あなた様は、刀剣や書画骨董だけではなく、人の心の中まで鑑定するのですか」

「もちろんです。美しい物は、人の心を惑わしますからね。惑わされた者は、真贋を見る目を失ってしまいます。ですから、ここにある陶器の贋作を揃えているあなたが、一体、何を考えているのかも、私のような者は興味をそそられるのです」

「なんだか、禅問答《ぜんもんどう》をされているようなな心持ちですわねえ」

「なんなのです？　あなたの本当の狙いは」

綸太郎がしつこい訊き方をすると、刀鍛冶の伝蔵が野太い声で言った。

「無礼ですぞ。痩《や》せても枯れても、奥方様は播磨明石《はりまあかし》藩八万石の江戸留守居役……」

「おやめなさいッ」

香苗は叱咤《しった》するように伝蔵を止めて、綸太郎を見つめ返した。

「この際……正直に申し上げます」

「………」

「ですが、先程も話したとおり、この屋敷のことは世間に伏せておりますゆえ、どうかご内聞にして下さいまし」

「話を聞いてみないことには分かりませんな。疑うわけではないが、私のような仕事は、悪いことに荷担させられることもあるんです。物の値打ちを決める立場ですからな」

「贋作を本物として値付けして欲しいなどと、そのようなさもしい考えはありません。ただ、私は……夫の仇討ちをしたいのです。それだけなのです」

真摯《しんし》な目を向けた香苗を、綸太郎は緊張の顔で見つめていたが、

「仇討ち……あなたが誰かに仇討ちをするかもしれない……という噂は、私も耳にしましたが」

「はい。夫の仇を……殿様に対して」

キッパリと言ってのけた香苗は、何かひとつ重い荷物を下ろしたような安堵《あんど》の表情になって、小さく頷いた。

「あなたは、本当に、明石藩の江戸留守居役の奥方なのですか」

再び綸太郎に問いかけられて、香苗は意外な目になったが、

「ええ、そうですが……そこまで疑われるのですか」

「町方同心が人を見たら盗人と思うように、私たちは刀剣を見れば、まずは贋物かもしれぬと疑うところから始まります。そして、道理を突き詰めていき、最後の最後に自分の勘と経験に尋ねるのです」

「勘と経験に尋ねる……」

「本当に、仁清なのか乾山なのか、間違いがないという証拠が揃ったとしても、心の何処かで〝違う〟と思えば、贋物とは断じないにしても、本物と決めることはしません」

「…………」

「初めて見たときの直感も、信じるに足りるかどうかを、改めて自分に問いかけることにもなるのです……」

「では、私を贋者だと疑ったのですね、最初に……その訳は……」

「与兵衛さんの竹林にいたからです。一体、何をしていたのですか」

「あ、ああ……あれですか……」

香苗は少しほっとしたような穏やかな笑みを洩らして、

「あのご隠居さんが、越後の金問屋だった方で、類《たぐ》い希《まれ》な骨董好きだということは、この辺りでは評判です。ですが、たとえ本物であろうとも、自分が気にくわない物は捨てるというので……」

拾いに行っているのですと、恥ずかしそうに囁《ささや》いた。時には、割れていないのもあるらしく、拾ったものを集めては、自ら研磨したりして、骨董商に売ったりしているという。生活の糧《かて》なのだと、香苗は言った。

「人間、落ちるところに落ちると、物乞いになるか盗人になるしかないんですものね」

「——そこまで苦労を……」

と綸太郎は言ったが、香苗の話をすべて信じたわけではなかった。まだ裏に何かあるとしか思えなかったからだ。まさに、〝初見〟で贋作を見たようなイガイガが、喉《のど》に引っかかっていた。

そういう思いを抱いていると察したのか、香苗はまた曖昧《あいまい》に微笑みながら、

「でも、綸太郎さん……あなた様が今、手にしているその虎徹の刀が、私は嘘をついていないという証《あかし》になりませぬか……〝柳原物《やなぎわらもの》〟とは違いますでしょ？」

束刀《たばがたな》と呼ばれる無銘の粗悪品のことを、〝柳原物〟ともいう。それこそ、物乞い同然の者たちが、古着屋などと一緒に、柳原の土手で売り捌《さば》いているからである。

「確かに、これは虎徹だ……あなたほどのご身分の方なら、持っていて当たり前でしょうが……一体、この名刀をどうしたいのですかな」

「これで、仇討ちをしたいのです」

「！…………」

「その昔……貞享《じょうきょう》の頃でしたか……大老の堀田筑前守《ほったちくぜんのかみ》が、若年寄の稲葉石見守《いなばいわみのかみ》に殺されるという事件がありました」

「…………」

「そのときに使った脇差《わきざし》は、稲葉石見守が虎徹に作らせたものだったのです。確実に刺し殺せる業物を、石見守は欲したのですね。もちろん、刺し殺すために作って欲しいと頼んだのです」

「もしや、あなたも、仇討ちの相手を討ちもらさないために、虎徹を使いたい……とでも？」

　綸太郎の問いかけには、香苗は小さく頷いただけで、何も言葉は発しなかった。バサッと袖を振ったとき、鼻につくようなあの匂い袋の香がプンと広がった。

八

美津の顔が鬼に見えるときがある。綸太郎は赤ん坊の頃に、姉の美津に背負われて、子守歌を聞いていた。母親代わりみたいなものだが、物心ついたときには、躾《しつ》け係も美津がしていて、店の番頭や手代らが可愛がってくれても、

「甘やかさんといて下さい」

と気丈に言って、態度が悪いと棒きれでビシッと叩くこともあった。

「あなたは、一体、何をしてるのですかッ。妙なことには首を突っ込んではならんて、私は言いましたよね」

美津は、手にしてた扇子《せんす》でビシッと綸太郎の膝《ひざ》を叩いた。

「アイタタ！　姉貴。ガキじゃないんやから、それは、もう勘弁してくれ……ほら、波奈さんも笑っているではないか」

茶店『波奈』店内の縁台で、並んで座っている綸太郎と美津の顔を見て、波奈はくすくすと笑った。

「綸太郎、おまえ、もう女将さんを名前で呼ぶ仲になったんどすか」

「だから、ほっといて下さいよ、もう」

「そうは参りまへん。あなたの言動はすべて、書き留めておいて、後でお父はんにお知らせすることになっておりますさかい」

「冗談やろう？」

「私が冗談を言うたことがありますか？　さあ、あの女と何をしてるのですッ」

美津は詰問《きつもん》するように眉を逆立てて、綸太郎に迫った。困惑したように、波奈も見ているから、綸太郎は恥ずかしそうに、

「別に俺は何も……噂になるような変な人ではありませんよ」

「惚けてもあきまへん。私を舐《な》めてはあきまへんえ」

「知ってます、知ってます。姉貴はがちがちの正義の固まりで、悪いことを見過ごすわけにはいかん女やってことは。でも、あの香苗さんが何をしたというのですか。ただ、旦那さんがあらぬ疑いから切腹をさせられ、年端もいかぬ息子とふたりで、つつましく暮らしているだけやないですか」

「それがもう間違《まちご》うてます」

美津はキッパリと言って、波奈にも同意を求めるように、

「ねえ。ここにも来ましたよねえ……町奉行所から仇討ちの許可状を貰うために、神

楽坂の人たちからも嘆願書を集めているというではないですか」

「そうなのですか?」

綸太郎が波奈の方に訊いた。

「ええ、そうらしいですね……私はあまり事情が分からないので、嘆願書には署名はしませんでしたが」

「ほれ見てみなさい。まっとうな人は相手にしないんです。なぜならば……」

「なぜならば?」

目を見開いて綸太郎が訊くと、美津は思わず身を近づけて、

「――あの女は、贋作作りをしているうえに、〃取替屋《とりかえや》〃らしいどっせ」

「なんです、その〃取替屋〃ってのは」

綸太郎が首を傾げたとき、

「それなら、俺がきっちり聞かせて進ぜよう、若旦那」

と言いながら暖簾を潜って入ってきたのは、南町の長崎だった。睨《ね》めるように人を見るのは、この同心の癖なのであろう。「感じ悪いでっせ」と言いかけたが、綸太郎は黙っていた。

「贋作と本物を入れ替える。それが、〃取替屋〃の仕事だ」

「入れ替える……」

「さよう。たとえば、ある屋敷に本物の青磁の壺があったとする。それと、そっくりのものを持ち運び、本物とすり替えて持ち出すという輩がおるのだ」

「へえ。でも、そんなことをしても、どうするのです。何処ぞへ持ち込めば、すぐにバレると思いますがね」

「あんたも素人じゃないのだから、闇《やみ》で捌く連中は幾らでもいることくらい、知っているだろうが……で、盗まれた方が、贋作だと気づいたときは、もう遅いという寸法だ」

「なるほどねえ……」

綸太郎は納得したように頷いたものの、それと香苗がどう関わりあるのかと聞いた。

「惚けるなよ、若旦那……今もうちの七五郎が張り込んでるがな……奴らが赤城神社裏の屋敷で何をしているかくらいは、こちとらとうに摑んでるんだ」

「…………」

「あの工房で贋物を作り、そして何らかの手段を使って……たとえば表具師だの大工《だいく》、植木屋などに扮して、屋敷に潜り込んで本物と入れ替える。ときには、金で雇った盗人を使うこともあるかもしれぬ」

「――盗人……」

波奈が身震いするように言うと、長崎がギロッと見た。

「あんたも気をつけておいた方がいいぜ。大層、立派な茶碗が揃ってるようだからな」

「……はい」

「それより、若旦那さんよ。おまえが、あの香苗って女にまとわりつく理由はなんだ」

「別にまとわりついては……」

「一体、何を頼まれた。贋物を本物に見せろとでも頼まれたか」

「そんなことはされてません。それに、香苗さんが作っている刀はれっきとした虎徹の弟子筋のものです」

「ほれみろ……」

長崎はシタリ顔になって、

「密かに、あのような所で何かを作っていると認めたな。それを本物と取り替えるのが、奴らの稼業なんだよ」

「奴ら……」

「仲間は他にもいるはずだ。たかが女ひとりで何もかもができることではないゆえな」

「待って下さい、長崎さん……」

綸太郎は訝《いぶか》しむ顔になって、聞き返した。

「あなたの言い草では、まるで香苗さんが、その〝取替屋〟の頭目かなんかで、盗人紛いのことをしているとでも言いたげですね」

「紛いではない。贋作と取り替えれば、立派な盗人だ」

「何か証でもあるのですか」

「大ありだ……もう何十軒もの武家や商家から、贋物とすり替えられたと届け出がされておる。いや、武家の中には、自力で取り返すために、香苗を狙っている者もいるはずだ」

「いや、しかし……あの人が播州明石藩の江戸留守居役の……」

「それも怪しいものだ」

「はあ……」

「耳の穴をかっぽじいて聞け。播州明石藩の留守居役だった田辺八右衛門は、たしかに不行跡によって藩主の怒りを買い、切腹させられた。その女房と子供も含めて、親族一党も藩から追放された。しかし……」

「しかし？」

「そのほとんどの行方《ゆくえ》は、町奉行所の調べで摑んでおる」

「では、香苗と駒之助親子は……」

「あやつらは贋者かもしれぬ……ということだ。町奉行所に、仇討ちの許可状を求めていることも承知しておる。だが、それは世を欺《あざむ》く仮の姿だろう。夫を無実の罪で殺された哀《あわ》れな母子に見せかけた上で、陰では本職の〝取替屋〟を行っているのだ」

「まさか……」

綸太郎は信じられぬと首を振った。たしかに、人に言われぬ何かを持っている。怪しい雰囲気もある。だが、世の中を欺いて、悪事を働くような女には見えなかった。

それでも、夫の仇討ちをしたがっていたのは確かだ。しかし、綸太郎はその香苗の思いは、口に出さなかった。

「仮に、〝取替屋〟という輩だとして、何のために、そんなことを……」

「言うたであろう。それが、奴らの稼業なんだよッ……待てよ……」

長崎は覗《のぞ》き込むような目になって、綸太郎に近づいた。

「やはり、そうか……もしかして、おまえも端《はな》から仲間なんじゃないか？」

「――はあ？」

「なるほどなあ……そう考えれば辻褄《つじつま》が合う。〝取替屋〟ってのは、一年程前から、江戸中で騒ぎになっていた。取り替えられたものの行方はほとんど分かっていない。しかも、上等なものばかりが取り替えられるから、下手すれば目利きの玄人《くろうと》筋からバレることになる……」

「………」

「それを、おまえさんが見立てたのじゃないかい？　そして、金になるように秘密裏に流していた、とか……」

疑る目つきになった長崎に、

「バカなことを言わんといておくれやす」

と、きつく返したのは美津だった。

「痩せても枯れても、上条家の跡取りでおます。そんな悪さはしません。しかも、この二年程はずっと京におりました」

「俺は、別に痩せても枯れてもないけどな……」

綸太郎は冗談めいて言ってから、

「それに長崎さん。私なら、取り替えるなんて面倒なことはしないで、気持ちよくサッと盗むだろう。それを金に換えて仕舞いだ」

「ですよねえ……」

と波奈が後押しするように言った。綸太郎は微妙な笑みを浮かべて頷き、

「それに、香苗さんが、その〝取替屋〟だというならば、確たる証を摑むことが先決じゃありませんか」

「それを、あんたに探って貰いたいと思うておる。刀の真贋を頼んだあんたになら、本音をバラすかもしれないのでな」

刀の鑑定のことまで知っているのかと、綸太郎は不思議に思って長崎を見た。人を疑う目だけは、しっかりと持っているようだ。赤ら顔をさらに紅潮させて見る長崎に、綸太郎は冷静な態度で、

「私が疑われるのは癪《しゃく》ですから、まあ、あなたの言うことを聞いても構いませんよ。その代わり……」

「その代わり？」

「あなたが間違っていたら、土下座して謝ってくれますか……香苗さんは、いわれなき夫の罪のために、親子して苦しんで暮らしてきたのですから」

「間違いならば、な……『咲花堂』の若旦那……言っておくが、あまり肩入れはせぬ方がいいぜ……俺の目は節穴じゃない。あの女は何かやらかしてきた輩だ」

「………」

「もし俺が正しかったら、おまえさんにこそ土下座をして貰うぜ」

長崎が余裕の笑みを浮かべたとき、数人の客が店に集まってきた。

「お茶だけじゃないんですよ」「ええ、ここの甘味がまたおいしいのよ」「さあさあ、暖まりましょう」

などと上品な武家女が入ってきた。波奈は常連客だと分かって、すぐさま席を用意しながら、無粋《ぶすい》な町方同心には帰って欲しいと目顔《めがお》で訴えた。

だが、長崎は退散しそうにない。綸太郎は気を利かせて、

「長崎さん……他で話をしましょうか」

と表に出た。

何処からともなく紅葉《もみじ》が舞ってきて、神楽坂の石段が敷物のようになっていた。

「綺麗だけれど、滑りますよ」

と声をかけた途端、ステンと長崎が転んだ。通りがかった者たちは、おかしさを堪《こら》え、見て見ぬふりをしていた。

第二話　紅《も》葉《み》つ

一

加賀藩の別邸だった庵《いおり》で、深い溜息《ためいき》をついた与兵衛は、自分が買い集めたという茶碗《ちゃわん》や花瓶《かびん》、壺《つぼ》などを何処《どこ》へ隠してよいかと、綸太郎に相談をしていた。

怪しげな〝取替屋〟という輩《やから》の噂《うわさ》話を聞いたり、いまだに捕《つか》まっていない〝紅鳥〟が狙《ねら》ってくるのも心配だと、与兵衛は思っているようだった。綸太郎としても、できる限りのことはしたいが、用心棒でも雇っておくのが安心だろうというと、

「それがね、綸太郎さん……前に一度、用心棒をふたりばかり雇ったのですが、そいつらが盗人だった」

「ええ？」

「笑うに笑えませんでしょ。私は商売人ですからね、どちらかというと人様を信じて生きてきたつもりですが、あのときだけは世の中はなんと酷《ひど》い奴ばかりかと、怨《うら》みましたねえ」

「でしょうな……」

如何《いかん》ともしがたい思いに、綸太郎も囚《とら》われた。まさに骨董《こっとう》は人の心を惑《まど》わせるもの

がある。雇われた用心棒が初めから狙っていたのか、それとも悪い女に惹《ひ》かれるように、ついつい手を出してしまったのか分からない。

だが、金が欲しいのとはまた違う。手元に置いておきたいがために、盗むことがあるのは書画骨董が持つ不思議《ふしぎ》さであった。

「そこで、綸太郎さん……『咲花堂』の若旦那《だんな》に頼む筋合いではないことは百も承知ですが、あなた様が預かってくれませぬかね。私が集めたものを」

「私が……いや、しかし……」

「何処かに保管して貰《もら》うのではなく、ここを『神楽坂咲花堂』として使って貰っては如何《いかが》でしょうか。盗人も、名のある骨董商に忍び込むなんて勇気はないでしょう」

思わぬ提案に、綸太郎は少し心が動いた。

「しかし、それでは……毎日、愛《め》でていたいあなたが、つまらないのでは？」

「私は、根津《ねづ》の寮《りょう》にでも引っ込んでいます。なに、その寮も借りているだけなのでございます。書画骨董は、時々、見に来る方が、まるで惚《ほ》れた女と逢瀬《おうせ》を楽しむように、心が昂《たか》ぶって乙《おつ》なものかもしれませんから」

「面白いお方だ……」

綸太郎がくすりと笑うと、与兵衛は了承を得たかのように、

「早速、越してきて下さいませ。必要があれば、私が暖簾《のれん》や看板などを用意させていただきとう存じます」

「越してくるもなにも、此度《こたび》、私は身ひとつで来ましたからねえ」

「なるほど……では、こうしては如何でしょう。私の蒐集《しゅうしゅう》している物の中から、値打ち物だけでも店に並べておいて、お客様の目を楽しませるというのは」

自分が店を構える気概で、与兵衛は楽しそうに語った。屋敷の造りは店舗にするには、手狭《てぜま》な感じがするが、裏庭から入って貰って、茶室に見立てた部屋に、客を招けばいい。そのための改築は、自分が大工を雇うと言った。

「そこまで面倒を見て貰うのは申し訳がないですよ」

「遠慮なさらずに。どうせ年寄りですから、他に金の使い道もありませんのでね……いやあ、楽しみだなあ。憧れの『咲花堂』さんの手助けができるなんて」

「そんな大袈裟《おおげさ》な」

「身ひとつとおっしゃるなら、まずはこういう形で商《あきな》いをされて、ぼちぼち好きに改良するなり、他に移るなりしたら如何でしょう。何でも手伝いますよ」

「本当に、出会ったばかりなのに、ありがたい話です」

「何をおっしゃいますやら。『松嶋屋』の旦那さんからも、あなた様のお人柄は十二分に聞いておりますし、文吉さんも何かと動いてくれるでしょう。いっそのこと、手代にでもしたらどうです。働き者ですよ」

「それは、よう知ってます。でも、『松嶋屋』の方が放しませんやろ」

加賀藩ゆかりの庵で、商いをするのも悪くはないなと綸太郎は思った。どうせ一見《いちげん》の客が来るわけではない。客筋は武家や商家の縁故が多いから、茶室のような所での接客も悪くない。

「ほな。そうさせて貰いましょうかな……ただし、必要な金は自分で出しますから、お気遣いなく」

綸太郎の心にポツリと灯《ひ》が灯《とも》った。異境の地に来ると、人の情けが身に染《し》みる。神楽坂に住んだのは、わずかな年月だが、当てもなく来た綸太郎は涙が出るほど嬉《うれ》しかった。

さっそく荷物などの整理に取りかかった綸太郎だが、当面の暮らしに必要な布団《ふとん》やら身の回りのものは、すぐに調達できたし、与兵衛が使っていたものを、そのまま使うこともできた。『咲花堂』の御曹司《おんぞうし》だから、すぐさま食べることに困ることはないだろうが、江戸に出てきた限りには、刀剣はもとより書画骨董を通して、この町の人々と繋《つな》がりたいと思っていた。

——それにしても、前に江戸に来たときには、随分《ずいぶん》と色々なことがあった。妙な事件にも巻き込まれたり、楽しいことも辛《つら》いことも沢山《たくさん》あったなあ……。

と綸太郎はしみじみと思い出していた。

その日のうちに、綸太郎の仮住まいが決まったのだが、当然のように、姉の美津も乗り込んできた。まるで所帯を持った女のように、せわしく片付けたり、掃除をしたりし始めた。

「おいおい。姉貴も一緒に住むつもりやないやろな」

「決まってるやないの。私に余所《よそ》で暮らせとでも言うのどすか」

「あちゃ……江戸にはしばらくいるだけで、京に帰るのと違うのですか？　俺はできれば、親父が元気になったからには、できる限り、こっちへ……」

「何を勝手なことを言うてますのん。私はあなたを見張りに来たと話したでしょ」

監視する気が満々である。

「あのな、姉貴……三度も亭主に嫌われたからといって、俺に嫌がらせをするのは、やめてくれんかな」

「嫌がらせて、そりゃなんですの」

「ですから……」

「私は、あなたのお守り役だから、そう心得なさい。いいですね」

「難儀なことやなあ……そんなのやから離縁ばかりされるのや」

「黙りなさい。でないと、あなたが十二歳まで寝小便をしていたことを、神楽坂中にバラしますよ」

「何をめちゃくちゃなことを……」

強引に同居しようとする美津を見ていて、与兵衛は微笑《ほほえ》ましい顔で、

「仲がよろしいですな。私には兄弟姉妹がいませんから、そうやってズケズケと物が言える間柄が羨《うらや》ましい」

「だったら隠居に預けますから、下働きでも飯炊《めした》きにでも使《つこ》うてやって下さい」

「あはは。京の『咲花堂』のお嬢様をそんな……冗談ではありません」

手を振って断るのを見て、綸太郎は苦笑しながら、

「ほれみろ、姉貴。ご隠居さんも嫌だとさ」

「いえ、私はそういうつもりでは……」

困った顔になる与兵衛に向かって、美津も笑みを浮かべながら、

「旦那様。私もまだ諦《あきら》めたわけではありませんので、どなたか良い方がおられれば、ご紹介下さい。これでも料理、炊事に洗濯はもとより、茶や生け花、書道から舞踊、

三味線《しゃみせん》に琴《こと》、笛に鼓《つづみ》……なんでも出来ますえ」

「自慢してるだけやで、姉貴」

綸太郎が止めると、与兵衛は仲睦《なかむつ》まじい姉弟を羨ましがりながら、

「では、必要なものだけ、後日、取りに来ますので、どうぞよろしくお願い致します」

と丁寧《ていねい》に頭を下げて立ち去った。表に出ると、垣根の外に文吉が待っていて、一礼をして細い路地に消えた。

「ほんまに、ええ人たちに恵まれた……また、しばらく江戸で目利き商いをしようと肝《きも》が据《す》わりましたよ」

「――あんたは小さい頃から、貰いが多い子やった。でも、今度はどうでっしゃろ……」

美津は流し目になって、与兵衛が消えた路地の方を見やった。人を値踏みしたり、何か自分が気に食わないことに出くわすと、美津はこういう目つきになる。

「なんや……与兵衛さんのことが気に入らん口ぶりやな」

「そうどすな。なんや人が良すぎて気味が悪いわ」

「世の中、姉貴みたいに、人を見たら泥棒と思うような人ばかりやない。いや、むし

ろ逆や。特に江戸っ子は、表裏がない。たしかに、口に出すことも真《ま》っ直《す》ぐすぎて、えげつない感じもするけれど、姉貴のように嫌みがない。その分、信頼できるというわけや」

「あんた、京美人の私をバカにしてるのどすか？　京美人に喧嘩《けんか》売ってます？」

「なに、京美人を強調してるんです。それは自慢やのうて、勘違いちゅうもんですよ……ああ、姉貴のように美しい女には、毒が多いから気をつけろということか」

「そのとおりッ」

「ええ……？」

「うまい話と羽織《はおり》には裏があるから気をつけなさいということや。ほんま、あんたは世間知らずのボンボンやなあ」

美津はニコリと微笑んで綸太郎の背中を叩いた。可愛《かわい》くて仕方がないという顔であるが、綸太郎はそれが死ぬほど嫌だった。

二

仮住まいが決まったからには、屋敷を色々と手入れしたが、土蔵や火事避《よ》けの地下蔵の中にある与兵衛の蒐集した書画骨董には、むろん手を付けなかった。まだ暖簾も看板も出すことはせず、自分なりに江戸市中の刀剣屋や骨董屋を巡ったり、また知り合いの商人や武家屋敷を訪ねて、手に余っている逸品を拝見し、物によっては金を出して仕入れたりしていた。

だが、商売にするほどの名品には出会うことができず、当面は刀剣の目利き仕事を糧《かて》にすることにした。腐《くさ》っても鯛《たい》ではないが、『咲花堂』といえば、本阿弥家の流れを汲む名家である。綸太郎自身の鑑定眼も評判であったから、〃折紙《おりがみ》〃を貰って家宝として箔《はく》を付けたがる者は多く、それを権威として、高く売り払う武士もけっこういた。それほど、武士の暮らしは困窮《こんきゅう》していたご時世なのだ。

それゆえ、実は名刀ではあるが、安く買いたたく悪徳商人もいた。物の値打ちは、本来、その刀剣や陶器が持ち得る真価とは違って、人が決めることだ。ましてや、売買の対象となれば、本来高価な物を二束三文で売っても、それは持ち主の勝手だ。しかし、騙《だま》して稼ごうとする輩には、綸太郎は自分の損得とは関わりなく、間に入って取引を止めた。

番頭だった峰吉などは、

「それが、余計なお世話っちゅうのです」

と、あれこれ首を突っ込むことを諫《いさ》めたが、綸太郎にはそれが我慢できなかった。

今般のことも、それに近い。実は、与兵衛が買い集めたという茶器や壺、皿の類《たぐい》は玉石混淆《ぎょくせきこんこう》であった。もちろん、見せられたものでしか判断できない。蔵の奥深くにしまってあるというものは、まだ見てない。

「どうして、見せてくれないのや?」

と尋ねると、与兵衛は照れくさそうに、

「咲花堂さんに鑑定して貰えるような代物《しろもの》ではないからです。実は……大切なお宝とは、自分が下手《へた》の横好きで作ったものがほとんどなんです。どんなにいびつなものでも、自分が作ったものは、子供みたいに可愛いですから」

そう言って、目の毒だといって、きちんと見せようとはしなかった。

だが、玉石混淆の中には、仁清や近頃人気の乾山が混じっており、志野、織部、楽、唐津といった優れものもあった。与兵衛はそれらを時折、茶事で使ったり、料理茶屋『松嶋屋』に貸していたらしいが、高級なものでも、ぞんざいに扱うのが与兵衛らしいところだという噂だった。

そんな評判を聞きつけた波奈も、時折、与兵衛を訪ねては、書を一筆したためた後で、茶を振る舞って貰っていたという。

波奈が訪ねてきたのは、仮の『神楽坂咲花堂』の暖簾を掲げた日の朝のことだった。

「……そうですか。ご隠居さんは、他に移ることに決めたんですか」

少し寂しそうに言ったが、その代わり、綸太郎がこれからも側《そば》にいるのが嬉しいと、素直に言った。

古い掛け軸などを陰干ししたり、茶碗の木箱の湿気を取ったりしているのを見て、波奈は大変な作業ですねと感心しながら、綸太郎が運び入れてくる茶碗や壺を眺《なが》め、

「私にはよく分かりませんが、本当にいいものばかりなんですね……これは、仁清のようですが、本物ですか」

「ああ。間違いない……しかし、どうやって、これだけのものを集めたのか。物凄《ものすご》いお大尽なんですな、与兵衛さんは」

「でしょうねえ……」

慣れた手つきで茶碗を眺めている波奈もまた、少し不思議な女だなと、綸太郎は感じていた。浮世離れしていて、まるで霞《かすみ》を食って生きているような雰囲気である。

「ときに、波奈さん……赤城神社裏に住んでいる、武家の奥方の香苗さんのことだが……」

「はい……」

「夫の仇討《あだう》ちをしようとしていることは、多くの人たちに嘆願書を求めたりして明らかになっているが、なんとも血腥《ちなまぐさ》いことだから、止めたいのだがな」

「止める……綸太郎さんがですか」

「武家の意地や都合というのはあるのでしょう。だが、このままでは奉行所が許しを出さないだろうから、もし、そのようなことをすれば、ただの人殺しとなってしまう」

綸太郎があまりにも真剣に言うので、波奈は少し口元が笑った。

「む？　可笑《おか》しいかな……」

「いえ、私には分かりません。でも、何処かに嘘《うそ》があるような気がします」

「嘘……香苗さんにかね」

綸太郎はそう言ったものの、香苗が贋作《がんさく》工房めいた所で、虎徹由来の刀を作っていたことは黙っていた。もし、これで仇討ちが完遂されると、虎徹が妖刀扱いされかねぬ。

「――綸太郎さん……何か隠し事でもあるのですか」

「え、いや……」

波奈の顔をまともに見られない綸太郎は、どうも調子が悪かった。姉の美津のように、竹を割ったような性格は困りものだが、波奈のように何となく餅《もち》が張り付くような感じも、綸太郎の心をざわつかせるのだ。

「なに……私は、香苗と駒之助母子が、人を怨み続けながら生きることが、あまりにも悲しいことだと思っているだけで……」

「優しい人なんですね」

潤《うる》んだ目を細めて、波奈は綸太郎を見つめた。

「でも、その優しさが命取りになることもありましてよ」

「命取り……これまた穏《おだ》やかではないことを言いますな……やはり、波奈さんは、あの母子のことを知ってなさるのかな?」

綸太郎が問いかけると、波奈は黙ったまま小さく頷《うなず》いた。だが、それが何かということは語らなかった。

「勿体《もったい》つけられるのが、一番、嫌いでしてな。こう見えて意外と気短かなんです」

「お姉様もそうおっしゃってました。でも、少しだけお待ち下さいませ」

「何を待つというのだ……」

と言いかけたとき、中庭に、ふらりと人影が現れた。

丁寧にお辞儀をしたのは、誰あろう、香苗その人であった。地味な〝遠山文《とおやまもん》〟の着物柄は、霞越しに見える峰々を描いたもので、ぼかし遣いの京友禅が、得も言われぬ美しさだった。長屋で見せていた姿とはまるで別人で、妖艶《ようえん》ですらあった。さすがは大名の留守居役の妻だけあって、加賀藩ゆかりの茶室風別邸にも似合っている。

綸太郎は手にしていた茶碗を置いて、思わず立ち上がった。

「これは香苗殿……どうぞこちらへ」

と声をかけたが、綸太郎を袖《そで》にするような仕草で、わざと足音を大きく鳴らしながら立ち去った。

「――おいおい、何の真似《まね》だ……」

遠ざかるとき、またあの匂い袋の香が流れてきた。ちらりと見えた香苗の細面《ほそおもて》は、幽霊のようにも見えて、一瞬、背中が震えたが、傍《かたわ》らで見ていた波奈はクスリと口に手を添《そ》えて笑った。

足音が遠ざかった途端、子供の大声が聞こえた。駒之助のものである。

「母上！　なんですか、その格好は！　もうよして下さい！　そんなことをしても、父上は帰って来ないのです！　もうよして下さい、母上ぇ！」

思わず垣根の戸を開いて、波奈とともに通りに出てみると、香苗に抱きつくようにして、駒之助が行く手を止めていた。よく見ると、香苗の手には、一振りの刀があった。それが、虎徹流に作ったものであることは、形状からすぐに分かった。

「香苗さん……何処へ行こうというのです」

綸太郎が声をかけると、鬼女のような険しい顔で振り返った香苗は、今までにない強い口調で言った。

「——その女とは、どういう関わりなのですか、綸太郎さん」

「はあ……？」

「あなたは、この虎徹なら仇討ちができると言って下さったじゃないですか」

「そんなことは一言も言ってませんが」

「嘘おっしゃい……私の工房にまで来て、伝蔵と吾市にも会ったではないですか」

「待ってくれ。言っている意味が分からないが……」

「そうやって、いつも殿方は隠し事をし、いきなり背中から人を斬るような真似をする。そうでございますよね、波奈さん」

急に話を振られて、波奈も戸惑ったようだが、そんな大人の顔色を確かめるように見た駒之助は、さらに香苗に抱きついて、

「母上！　もう帰りましょう。私は、お父上の仇討ちなど、もうしとうありません。貧しくてもいい。母上とふたりで暮らしていければ、それでいいんです。そのためな

ら、無花果《いちじく》でも柿でも桃でも、何でも盗《と》ってきます。人を怨んで生き続けるのはもう嫌です」

と大声で言った。子供らしからぬ毅然《きぜん》とした言い方だったが、先頃見た、駒之助とは違って、随分と利口そうで大人びていた。

「母上のこんな姿を見たら、お父上もきっと悲しみますよ。その刀は、父上が一番、大事にしていた刀ではないですか」

駒之助は甲高《かんだか》い声で、強く香苗を罵《ののし》っているが、心から責めている悪態ではないと、綸太郎には思われた。また香苗が足を踏みならして、我が子を罵倒して路地を抜けて行こうとしたときである。近くにいたのか、『松嶋屋』の文吉が来て、

「若旦那、如何なされましたか」

と心配そうに声をかけてきた。香苗は憤然とした顔で、

「控《ひか》えなさい、下郎」

とまた罵るように言って、怒りを抑えきれないような態度で立ち去った。駒之助も一緒に神楽坂の方へ向かったが、しばらくして舞い戻ってきて、

「申し訳ありませんでした……母上は、父上が切腹なさってから、心が落ち着かず、時折、妙なことをするのです」

「大変だな……何か手助けできることはないか、駒之助」

「ありがとうございます。でも、機嫌が急に悪くなる代わりに、少し間を置けば、また良くなることもあります」

「虎徹で仇討ちをどうこうと言っていたが、刀のことならば相談に乗るゆえ、いつでもここへ訪ねて来ていいからな」

「ありがとうございます……」

駒之助は、綸太郎だけではなく、波奈にも頭を下げて、母親を追いかけた。

「……どうも、よく分からぬ母子だな」

「香苗さんは、何か誤解をしたようですが、私から話してみましょうか」

「何かって、何をだね」

「分かりません。ですから、女同士、心をさらけ出すことができるかもしれませんから……綸太郎さんは、神楽坂に舞い戻ったばかりですし、少し落ち着くまで、あれこれ首を突っ込まず、自分のお店のことに気を使って下さいまし。ね」

波奈は真剣なまなざしで言うと、跳ねるように母子を追うのだった。

そんな様子を——路地の物陰から、神楽の七五郎が、十手《じって》をぐいと握《にぎ》りしめながら、じっと見ていた。

三

赤城神社の境内《けいだい》まで小走りで来た香苗は、追ってくる波奈を振り返るなり、

「あんた……どういうつもりだい」

と険しい目を向けた。傍らでは、駒之助も荒い息で、ふたりを見ている。

「まさか、私たちを裏切ろうって腹じゃないだろうね」

「そんなことはありませんよ」

波奈はキッパリと言って、それまでの茶店の女将《おかみ》らしい笑顔は消え、少し蓮《はす》っ葉《ぱ》な女のような態度になった。

「香苗さんこそ、どういうつもりだい。そんな刀を持ち出してきて、どうするんだい。まさか、本気で殿様をぶった斬るつもりじゃないだろうねえ」

「寝言を言うんじゃないよ。あんたの役目は、上条綸太郎をたらし込むことじゃないか。たらし込むどころか、あんたの方が〝ほの字〟になってるじゃないか」

「バカバカしい……今からってときに、余計なことをしやがって。だから、駒之助だって困って、あんな芝居をしたんじゃないか。そうだろ、駒之助……」

ふたりの間に立っていた駒之助は、急に大人びた雰囲気《ふんいき》になって、

「いい大人ふたりが、何をトチ狂ってんだい。さては、ふたりとも本気で、綸太郎に惚れちまったのかい」

「生意気な口をきくんじゃないよッ」

語気を荒らげたのは香苗の方だった。いきなり駒之助の頬《ほお》を指で捻《ひね》ると、

「親に捨てられて、泣きべそかいてたところを拾ってやったのは、誰だと思ってるんだい。私のやり方が嫌なら、とっとと何処にでも行きやがれってんだ」

「い、痛い、痛い……放せよ……！」

悲鳴を上げる駒之助を突き放すと、香苗は波奈に向かって、

「あんたもだよ。こちとら大枚払ってるんだからね。嫌なら、足抜けしたっていいんだよ。その代わり、あんたの素性をバラしたって構わないんだからね」

「お好きにどうぞ。私は痛くも痒《かゆ》くもありません」

背中を向けて、立ち去ろうとした波奈の手を、駒之助はぎゅっと握りしめた。

「待ってくれよ……仲間割れしてるときじゃねえよ。でないと、これまで積み重ねてきたご隠居の苦労が水の泡じゃねえか」

「そうかもしれないけどね、駒之助。ご隠居が集めたものは、すべて私のお陰だって

ことを忘れないでおくれな」

「それを言うなら、取り替える物を作ったのは、私たちだ。てめえひとりでやったと勘違いするとは、あんたも焼きが回ったね」

と香苗が強い口調で言った。

「冗談じゃない。元々、私はあんたたちの仲間でもなんでもない。ただ金で雇われて、手伝いをしただけ」

波奈はキリッと鋭《するど》い目を向けて、懐《ふところ》から財布を取り出すと、小判を投げつけて踵《きびす》を返して立ち去ろうとした。

その前に、ぶらり現れたのは、七五郎だった。

「おや、神楽の親分……」

「女同士の熾烈《しれつ》な戦いってことかい。いや……何やら、仲間割れにも聞こえたが、おまえさん方、何を企《たくら》んでるんだ?」

抉《えぐ》るような目つきになる七五郎は、元は地廻りの暴れ者だっただけに、ぞっとするものがある。裏渡世にも顔が利くので、南町奉行所の長崎もうまく使っているのだろう。

微笑み返した波奈は、七五郎の肩にそっと手を触れながら、

「なにね……私たちの前に突然、現れた『咲花堂』の若旦那に色目を使ってるから、ちょいと意見してやっただけさね。旦那の仇討ちをしたいって気持ちが鈍《にぶ》るってね」

「……おまえさんも、随分と違うじゃねえか。茶店で見せてる顔と」

「人間に裏表があるのは、当たり前じゃないか。親分さんだって、随分とそういう輩を見てきただろうに。いえ、親分さん自身がそうじゃありませんか？　では……」

軽く頭を下げると、波奈はスタスタと立ち去った。

「ちくしょう……いい匂いがしやがるぜ……むしゃぶりつきたくなるってな、ああいう女をいうんだろうな」

七五郎は涎《よだれ》を拭《ぬぐ》う仕草をして、香苗を振り返って、嫌らしく目尻を下げ、

「もっとも嫌いじゃないぜ、あんたのように熟し柿のような女もよ。ふひひ……ガキの前で、こんなことを言っちゃいけねえかな。だが、駒之助、おまえもすぐ分かるようになる。楽しみだな、ええ」

「親分さんとは違います」

駒之助は噛《か》みつくように言ったが、七五郎はニタリと笑って、

「そう毛嫌いするなよ。親父がいないんだから、男同士、色々と覚えなきゃいけねえことを、たんと教えてやっからよ」

「結構でございます。私の父上は、あなたのような下劣な人ではございませぬ」

睨《にら》み上げて、駒之助は立ち去った。

「――ふん……」

七五郎は香苗に近づくと、

「何が父上だよ……おまえら、本当の母子じゃねえだろ」

「！………」

「しかも、播磨明石藩八万石の江戸留守居役・田辺八右衛門の奥方というのも、嘘八百じゃねえか。お上を舐《な》めるんじゃねえぞ」

七五郎は十手を、香苗の胸の辺りに突きつけて、

「田辺という留守居役は、たしかに不祥事で殿の怒りを買って切腹しているし、香苗という奥方もいた……いたんだ。切腹する前に離縁され、丹後《たんご》の実家に帰ったと、つい先頃、お奉行所の調べで分かったんだ」

香苗は十手を払いのけて、顔をそむけると、七五郎はニンマリと厚い唇を歪《ゆが》めて、

「ほら。本当は誰なんだよ」

「………」

「何が狙いで、夫の仇討ちを装ってやがるんだ……正直に言いな。おまえたちの話は

チラッと聞こえたんだよ。積み重ねてきたものが水の泡になるとか、ご隠居がどうのこうの……もしかして、越後柏崎の金問屋の隠居ってのも関わりがあるのか」

「…………」

「その面はありそうだな。ハハン……金問屋の隠居てのも嘘かもしれねえな。こっちはすぐに調べられる。楽しみにしてな」

「――バカですねえ、親分さん」

七五郎を見上げた香苗は、鼻で笑って、

「赤穂《あこう》浪士を持ち出すまでもなく、仇討ちってのは、相手を欺《あざむ》いてやるもんじゃありませんかねえ」

「なに……？」

「色々と策を弄《ろう》するのは当たり前じゃありませんかと言っているんです」

ほんのわずか、七五郎は戸惑う顔になったが、ぶるっと頰を振って、

「また、そんなことを言いやがって……誤魔化《ごまか》そうたって無理な話だ。一体、何をしようってんだ」

「逆に訊《き》きたいです。私が贋者《にせもの》で、仇討ちも嘘だとして、何をしたってんです。親分さんに咎《とが》められることって、一体、何なんですか。教えて下さいまし」

「屁《へ》理屈をこくんじゃねえ。仇討ちの嘆願書を求めてるだけでも、世の中を乱した罪でしょっ引くことができるんだ」

「無礼な。だったら、やって下さいまし」

「なんだと……」

気色《けしき》ばんだ七五郎に、香苗も毅然と言ってのけ、虎徹を強く握りしめた。

「仮にも明石藩江戸留守居役・田辺八右衛門の妻です。私を離縁させたのは、累《るい》を及ぼさぬため。私が贋者だというのなら、今すぐ、藩邸に参りましょう。さあ縛《しば》って下さい。その上で、あなたが間違いだと分かったら、首を刎《は》ねて貰います。よろしいですねッ」

「…………」

「さあ！　参りましょう！」

睨みつけた香苗に、七五郎は一瞬、息をのんだが、

「上等だ。つきあってやるぜ。この神楽の七五郎、生き死にの修羅場なんぞ、幾らでも潜《くぐ》ってきたんだ」

そう言うと神楽坂を降り始めた。江戸上屋敷は半蔵門《はんぞうもん》外にある。

外堀をぐるりと巡って、番町《ばんちょう》近くにある立派な長屋門の藩邸に到着したときは、

日が暮れかかっていた。すでに門は閉じられており、潜り戸も開いていなかった。

「さあ、七五郎親分。その戸を叩いて、誰ぞ呼んで下され」

泰然と言ってのける香苗に、七五郎はわずかに気弱になったが、

「――いいんだな、本当に……」

と言った。

「さあ、どうぞ。確かめたいのでしょ？　その戸を開けてくれれば、私はすぐにでも乗り込んで、この虎徹で殿を仕留めてみせましょう。これは千載一遇《せんざいいちぐう》というもの」

「…………」

「図らずも、七五郎親分が手助けしてくれるとは、万感の思いです」

香苗は目が赤く充血するほど、覚悟が決まっているようだった。さらに語気を強めて、七五郎に迫った。

「さあ！　あなたが言わぬならば、私が……」

と一歩進み出て、

「頼もう！　頼もう！　前《さき》の江戸留守居役・田辺の妻、香苗でございまする！　神楽の七五郎親分とともに、殿にお目通り願いたく、参りました！」

大声で声をかけたとき、七五郎は思わず、手を引いて、

「よ、よせ……」

と言った。腰が引けている。だが、香苗は「頼もう！　頼もう！」と大声を上げ続けた。そして、

「神楽の七五郎親分が、私が本物か偽者かと聞きたいとのことでございます！　殿にお目通り願います！」

さらに声を強めて、そう続けた。

ギッと音を立てながら、潜り戸が少し開くと、七五郎はその場から逃げるように立ち去った。そして、逢魔《おうま》が時の暗がりに紛れて、離れた所から見ていると、香苗は中間《ちゅうげん》と二言三言交わして、招かれるように屋敷内に入っていった。

「……なんだよ……あの女……脅《おど》かしゃあがって……」

七五郎は悔《くや》しげに唇を噛んだが、膝はわずかに震えていた。

四

数日後、綸太郎が暖簾を掲げた加賀藩ゆかりの庵に、数人の客が訪れていた。暖簾の文字は、波奈に書いてもらい、それを淡《あわ》い紫地に黒字で染めたものだった。

江戸の刀剣商や骨董商を茶事に招いたのだが、金問屋の隠居の蒐集品に興味を抱いていたようで、蔵代わりにしている奥の一室で、取り出してみたいと言い出した。

もちろん、与兵衛から客人に見せることの許しを得ていたから、ひとつひとつ取り出して、手に取らせて見せた。

「いや……さすがは、お大尽だ……見事な逸品揃《いっぴんぞろ》いですなあ」

「まさに、目の保養になります」

「これだけの物を持っていながら、金に換えようとしないのは、余るほど財宝があるからでしょうな。羨ましい羨ましい」

などと褒《ほ》めちぎっていたが、ひとりの骨董商が「ん?」と首をひねった。『斎刻堂《さいこくどう》』という湯島《ゆしま》にある店の主人・藤倉《ふじくら》斎刻という古希《こき》を過ぎた人である。

「——これは、綸太郎さん……一重口水指《ひとえぐちみずさし》は、〝柴庵《しばのいおり》〟ではありませんよねえ」

目の前に置かれた水指を見て、綸太郎はじっくり眺めた上で、手にとって見た。

〝柴庵〟とは、信楽焼《しがらきやき》で、千利休《せんのりきゅう》が所持していたとされるものである。

焼き物は、窯の中で、思わぬような変形をしたり、ヒビが入ったりするものである。ほとんどは失敗作として捨てられ、割られるが、時に、そのヒビが〝美〟を形作ることもある。綸太郎が手にした、十字に割れたものは、石清水《いわしみず》のような趣《おもむき》があって、〝わびさび〟の心をくすぐるものがあったのであろう。

しかし、綸太郎は一目で、信楽焼であることはたしかだが、〝柴庵〟とは似ても似つかぬものだと言った。

「これは、おそらく、与兵衛さんが真似て作ったのでしょうが、出来はよい方だと思います。でも、気になりますねえ……」

綸太郎が溜息混じりに言うと、斎刻たちも頷いて、座に不安が広がった。

「実はですな、綸太郎さん……」

斎刻は重苦しい顔になって、ぽつりと話し始めた。

「このところ、江戸では〝取替屋〟という輩が密かに動いていることを、小耳に挟んだかもしれませんが……」

「ええ。本物と偽物を入れ替える、という輩でしょ?」

「わざわざ、そのようなことをするのは、見つかるのを遅らすというだけではなく、場合によっては、永きにわたって分からなくするという意味合いもあります」

真剣なまなざしの斎刻は、他の刀剣商や骨董商に向かって、

「恥ずかしながら……実は、私も被害を受けたのです」

「被害を……」

「はい。去年の夏頃です。殊《こと》に書画は湿気が大敵なので、風通しよくするために、蔵を修繕したことがあります。その時に、おそらく〝取替屋〟が混じっていて、幾つかの名品を、贋物とすり替えられたのです」

「すり替えられた……」

「それを商売にしている輩がいるということです。私はすぐさま、大工の棟梁《とうりょう》や鳶《とび》たちに聞いて廻ったのですが、分からずじまいでした。なんとも……」

悄然《しょうぜん》とする斎刻に、綸太郎は聞き返した。

「しかし、贋作を作って、それを本物と入れ替えてまで盗むというのは……たしかに、見つかりにくいとは思うが、随分と手間のかかることをやるものですな。私には、そこが不思議です」

「たしかに、よく分かりませんな。ですが……」

斎刻は苛立《いらだ》ちを隠しきれないまま、

「奴らは、本物と区別ができなかったのだから、おまえにはそれを持つ資質はないとでも言いたげに思えます。事実、知らずに店に飾っておいたこともある。そして、買いに来た方々に、本物として売ってしまった」

「なんとも……」

「恥ずべきことです。中身はすり替えても、〃折紙〃という鑑定書だけは、そのままにしている。すり替えられたことには、なかなか気づきません」

「ええ……」

「それで、町奉行所に訴え出たことがありますが、お役人は何と言ったと思います？『元々あったものが、本物であったという証は立てられるか』ですよ……つまり、贋作であっても、手元にある限りは、奉行所は盗みとして咎人捜しをしてくれないのです」

「たしかに難儀なことですな。初めから贋作だったと言われては身も蓋《ふた》もないが、盗まれたと証を立てることも難しい」

綸太郎はそう言ってから、香苗のことを思い浮かべた。

夫への汚辱を払拭《ふっしょく》するために、殿様のもとに戻った本物の刀と、伝蔵と吾市に作らせた〃虎徹〃を入れ替えようというのではないか。そのために、夫が持っていた本物に似せた贋作を作り、〃取替屋〃に依頼して、すり替えるつもりなのではないかと、勘繰ったのである。

「あ……綸太郎さん……何か私が不調法をしましたでしょうかな……」

ぼんやりとしている綸太郎に、斎刻は気を使ったようだ。

「とんでもありません。ちょっと考え事を……」

「何か、〝取替屋〟について思い当たることでも？」

「そうではありませんが、ただの盗人よりも始末が悪いなと思ったのです」

「ええ、たしかに……」

「この茶碗などを蒐集した与兵衛さんて方も、盗人には用心していたようです。だから、贋物というか、似たようなものを自分で作って、それは替え玉として、置いていたのでしょうな」

「替え玉……」

斎刻はその言葉を繰り返して、

「なんだか、それも嫌な話ですな。もしかして、与兵衛さんとやらも、〝取替屋〟に関わっているのではありませぬか。だから、沢山作って、あんなに……」

と、割れた陶器の破片の山を見廻した。

「さて、私にはそうは思えませんが……名品を持っている人は、多かれ少なかれ、それを独り占めにして愛でる一方で、盗まれないように、替え玉を飾っているものです」

「まあ、そうですが……私も店に飾っているのは贋物で、本物は蔵の奥に置いておくことも《》ありますと」

申し訳なさそうに言う斎刻に、他の刀剣商や骨董商も頷いた。一番怖いのは、やはり盗まれることである。それらが、闇《やみ》で売り捌《さば》かれて、永遠に消え去ることだ。骨董は、何度も廻り廻って、富を生み出すとも言われるが、表舞台に出ないのであれば、その名品はないも同然である。

「気に入ったのがあれば、持ち帰っても結構でございますよ」

綸太郎が言うと、斎刻たちは驚いて、

「え……本当に……？」

「与兵衛さんからは許されております。もちろん、贋作は贋作として扱って欲しいとのことですが、中には掘り出し物もあるかもしれません」

「ほう、こりゃいい」

「皆様から頂いたお金は、一旦、私が預かりますが、与兵衛さんにすべて渡すつもりです。けれど、与兵衛さんはおそらく、いらないと言うと思います。そっくりそのまま、困った人たちや小石川《こいしかわ》養生所などに寄付をするでしょう」

「奇特な方ですな」

「では……収拾がつかなくなる前に……しかし、これだけあると迷いますな」

目の肥《こ》えた人たちばかりなので、いい意味で欲惚《ぼ》けた顔になって、与兵衛の蒐集物を眺めていた。

「まさに……光琳や乾山……実に見事な……世間には出していない逸品ばかりだが……どうやって、手に入れたのか、改めて驚きますな……幾ら金に糸目を付けぬと申せ……」

茶碗などを大事そうに桐《きり》箱に戻して、斎刻は縁側に立った。そのとき、錯覚であろう、季節外れの草花の匂いがして、波奈が垣根の戸を開けて入ってきた。

「おまえ様はたしか……」

茶店『波奈』の女亭主だということは、斎刻たちも知っているようだった。もちろん、波奈の方も客で来てくれたことがあるのを覚えていて、軽く会釈した。

奥にいる綸太郎を見つめる目が、何とも切なげで、斎刻は身を引くようにして、

「――これは、お邪魔でしたかな。皆様方、そろそろ、失礼致しましょうか」

と気を使う仕草をすると、綸太郎はすぐさま出てきて、

「それには及びませぬ、斎刻さん。好きなだけ選んでみて下さい。もちろん、商売になると思うものは、お持ち帰り下さい」

と言って庭に降りた。

五

「――隠していたこと……？」

狭い路地を散策しながら、綸太郎は波奈を振り返った。

「はい……香苗さんについてです」

「どういうことでしょうかな」

「通りではなんですので……少し、お付き合い願えますか」

綸太郎は波奈に誘われるままに、『波奈』まで戻って、話を聞いた。

「実は……私はあることを、香苗さんに頼まれておりました」

「あること……」

「夫の仇討ち――というのは、世間を欺《あざむ》く姿で、本当は〝取替屋〟と組んで、武家や商家の秘蔵の品を盗む画策をしているということです。いえ、あの人こそが、その首領かもしれません」

虎徹を取り替えることを脳裏に浮かべた直後だけに、波奈の話には驚かざるを得なかった。綸太郎は一抹《いちまつ》の不安を覚えたが、少しずつ現実味を帯びてきていると感じた。

「どういうことですかな。香苗さんが何か悪いことでも……」

「どう申し上げたらよいか……」

波奈はためらった口調になったが、勿体つけている様子ではなく、むしろ悔い改めている顔つきであった。

「この際、はっきり申し上げますが、私は……香苗さんに頼まれて、虎徹の贋作を播磨明石藩の上屋敷に届けて、本物と入れ替えるつもりでございました」

「ええ⁉——言っている意味がよく分かりませぬが」

戸惑いを隠しきれない綸太郎に、波奈は寂しそうな憂《うれ》いのある瞳で、

「私……女だてらに、茶の指南などもしておりまして、色々な武家屋敷に出入りしております。そんな関わりから、香苗さんに頼まれたのです」

「刀の入れ替えを……？」

「はい……」

「しかし、それでは、まるであなたが〝取替屋〟のような真似をすることになるではありませんか」

「お金で頼まれました。別にお金に困っている訳ではないのですが、つい情にほださ

れまして……たった一本の刀のために、ご主人は命を落としたのですからね」

波奈が俯《うつむ》くと、瞳に溜《た》まっていた涙がポロリと落ちた。綸太郎はそれを見て、

「――そうですか……よく話して下さいました。実は、私も少しばかり気にはなっていたのです、香苗さんのことが」

「やはり……赤城神社裏の工房のことも、もちろん、ご存じですよね」

「香苗さんに案内されました。今、あなたが話した虎徹もそこで作られてる。どうにも、私にはよく分からないのだが、香苗さんは虎徹を取り替えることで、仇討ちの代わりになると思っているのかね」

「そうです」

「では、仇討ちの嘆願というのは、相手を威嚇《いかく》するのが狙いで、本当は一矢報《むく》いたいというだけだったのかな」

「私も香苗さんの真意までは分かりません。いずれにせよ、どんな理由があっても、そういうことに手を貸そうとした自分が情けなくて仕方がないんです」

「――そうですか……」

綸太郎は小さく頷いたものの、釈然としないことが、ひとつだけあった。

「どうして、私にその話をしたのです。このまま、お上に話すかもしれませんよ」

「はい……」

目を伏せたまま、波奈は言った。

「もしかしたら、心の中で、そう願っているのかも……いえ、決して、香苗さんが囚《とら》われの身になって欲しいわけじゃないんです。悪いことをする前に、諦めてくれるんじゃないかと……」

「そうでしたか」

波奈の気持ちを思って、綸太郎はポンと胸を叩くと、

「こう見えて、私も公儀のお偉いさんを知らない訳じゃない。明石藩の殿様に会えれば会って、事情を話しておきましょう。もちろん、それで香苗さんの旦那様の無念が晴れるかどうかは分かりませぬがね」

「ご迷惑をおかけします」

まるで自分のことのように波奈は謝って、綸太郎を見つめた。何年か住み慣れた店だが、長居は無用とばかりに、綸太郎が表に出ると、なぜか南町の長崎が、七五郎と一緒に待っていた。

「おやおや。また美しい女将を口説きに参ってたのか？」

長崎は嫌みな目つきで言ったが、聞きたいことがあるからと、半ば強引に牛込見附

近くにある自身番に連れていった。

——江戸に来た早々、なんだか厄介だな。

という思いが、綸太郎の脳裏に過《よぎ》ったが、これまた香苗のことだという。渋々、付き合うことにした。

まず、波奈と何を話していたのだと訊かれたが、もちろん綸太郎は、虎徹をすり替える話などはしなかった。だが、驚いたことに、〝取替屋〟のことは、長崎の方から出た。

「耳の穴をかっぽじいてよく聞けよ」

「——なんでしょう……」

「俺たちはとんだ勘違いをしてたんだ」

「はあ？　ですから、何の話で」

長崎は首を竦《すく》めると声をひそめて、

「あの香苗って女、俺たちはてっきり、〝取替屋〟一味だと思ってたんだ。仇討ちをする母子に見せかけて暮らしてはいたものの、本当は色々な屋敷に入り込んで、刀や茶碗などをすり替える一味だとな」

「…………」

「だが、香苗はどうやら本当に、明石藩の田辺八右衛門の奥方で、先日の夕刻、藩邸に入っていったのを、こいつが見ていた」

と七五郎を指した。

「ああ。長崎の旦那の言うとおりだ。俺は、ずっと張り込んでいたんだが、暮れの五つくらいまで上屋敷内にいて、家臣らに丁重に見送られて出てきた。そのとき、持って入った虎徹は手にしていなかった」

「つまり、殿様か誰かに差し出したと?」

「だろうな……香苗は息子とともに実家に帰ってからは、亡き夫を供養しながら、田辺家縁《ゆかり》の虎徹を作ることで、明石藩に貢献しているとか」

「では、殿との間で誤解が解け、仲直りができたということなのですかな」

「まあ、そういうことだろう」

「それならば、どうして仇討ちという大嘘をついていたのでしょう。町奉行所に仇討免許状を願い出たり、嘆願書を求めたりしてたのですから、決して世間の噂話だけではないでしょうに」

「だから、こっちも探索してたんだ、仇討ちを止めるためにな」

「――仇討ちを止めるために……」

綸太郎は次の言葉を飲み込んだ。今し方、波奈から聞いた話と正反対のことを耳にして、綸太郎は戸惑いを感じた。

骨董で言えば、真贋がつかない状態である。しかも、折紙や箱書もなく、鑑定のしようがない茶碗を持たされたようなものだ。だが、「分からぬ」では済まされぬのが、目利きの仕事である。

「そこでだ、上条綸太郎……おまえさんを『咲花堂』の主と見込んで頼みたい」

と長崎が身を乗り出した。

「あの女の……香苗の、心の真贋を、見抜いて貰いたいのだ」

「心の真贋……」

「お奉行から聞いたが、おまえは老中首座の松平定信様にも一目置かれている目利きだそうじゃのう。それは、刀剣や書画骨董だけではなく、人の心の中を鏡に映す如《ごと》く見ると」

「さて、そんなことが私にできましょうや……」

「このとおりだ……でないと、あの女、なんとも気味が悪い」

長崎が頭を下げると、七五郎も渋い顔つきで、

「俺の目の前で、香苗と『波奈』の女将とは仲間割れをしていたのだ。だが、あれも

芝居だとしたら、ますます妙だ……俺は、もうひとつ裏に何かあると思ってる」

「裏、とは……」

「それが分かれば苦労はねえ。だが、香苗と波奈は必ず繋がってる。あんたも用心した方がいいぜ」

「用心……？」

七五郎は波奈について、もっと何か知っているような口ぶりだったが、それ以上は語らなかった。

綸太郎は自ら播磨明石藩上屋敷を訪ねた。

藩主の松平兵部大輔《ひょうぶたいふ》はまったく知らぬ仲ではない。京屋敷に出向いてきた折に、父の雅泉とともに会ったことがある。むろん、茶事とそれに合わせた掛け軸や生け花の花瓶などを見繕《みつくろ》うためであるが、水に双葉葵《ふたばあおい》の家紋をあしらった茶釜を愛用していたのを覚えている。

真形釜《しんなりがま》という、肩や胴には特に文様はなく、ほぼ垂直な胴は武家好みであろうか。元々は寺か何処かで湯沸かしの釜として使われていた粗雑な物で、美術品としての値打ちはなかった。だが、その釜は上様拝領らしく、いたく気に入っていたようだ。

かように茶器であっても、値打ちは人それぞれが抱くもので、他人があれこれ言うものではなかろう。

松平兵部大輔は今、国元におり、江戸在府ではないとのことだった。綸太郎を迎え出たのは、稲葉《いなば》という江戸家老だったが、『咲花堂』の名はよく知っており、もう十年余り前だが、京屋敷にも来た折、雅泉とは会ったと話した。

「――して、急なことで、何用ですかな」

稲葉は用心深げに尋ねた。いくら知り合いとはいえ、もっともであろう。

「実は、香苗さんのことで、お話を聞きたいのですが」

「ああ、香苗殿のことか……」

厄介だなと感じたのは、稲葉の露骨なまでの歪んだ表情で分かった。だが、綸太郎は率直に訊いてみた。

「先日、訪ねて来たそうですね。虎徹を持参したそうですが、お受け取りになったのは、ご家老ですか」

「虎徹……」

「ええ。その刀のことで、香苗さんのご主人は罷免《ひめん》された上……」

「その話と、持参した虎徹のことが関わりあるのかね」

「もし、不都合でなければ、香苗さんが持ってきた虎徹を見せていただけませぬか」

「一向に構わぬが……」

稲葉は控えていた家臣に命じて、鞘袋《さやぶくろ》に入ったままの虎徹を運んできて、綸太郎に手渡した。作法に従って慎重な手つきで、樋《ひ》や刃文、地中の働きや刃中の働きなどを眺めた。地中の働きとは、地金の鍛《きた》え方と焼き入れによって出来る肌文様のことで、刃中の働きとは、焼き入れによって刀身にできた多様な模様のことである。

柄巻も取り外し、茎《なかご》の鑢目《やすりめ》や銘《めい》をたしかめた綸太郎は、すべてを元に戻して鞘に納めると、深く溜息をついて、

「これは、明らかに贋作ですが、それを承知で受け取ったのですかな」

「――さすがは、『咲花堂』さん。これほど立派に出来たものでも、分かるのですな」

「神楽坂の赤城神社裏に、香苗さんは工房を持っており、伝蔵と吾市という刀工に作らせている……とのことですが、私が見た限りでは、工房にいた刀工は、ふたりとも大した修業を積んでないと思われます」

「…………」

「つまり、この刀は、あの者たちが作ったのではなく、前々からあったものですな」

「さよう……田辺が持っていたものとか」

「香苗さんのご主人が、殿様に、すり替えたと誤解された刀……ですか」

「うむ。そのとおりだ……」

と稲葉は言ってから、綸太郎の顔をまじまじと見ながら、

「その事情を知っているとは、田辺の経緯《いきさつ》もすべて存じておるのですな」

「噂程度では……ですから、そのことにつき、今一度、訊きたいことがあります」

綸太郎は虎徹の贋作を鞘袋に戻してから、

「香苗さんはもしかして、稲葉様……あなたの命令で、あの工房で贋作を作っているのではありませぬか？」

「………」

「藩ぐるみで、虎徹の贋作を作っている。もちろん、夫の田辺様も知っていた……いや、自らやっていたこと……だが、藩主の松平兵部大輔様だけは知らなかった。それゆえ、何かの手違いで、殿様に贋物が渡り、家臣たちの不行跡を知ったのではありませぬか？」

「………」

「そして、他に累《るい》を及ぼさぬようにと、田辺様が自らひとりによる不祥事として、切腹をして事態を収めたのではありませぬか。万が一、藩外にそのような醜聞が洩《も》れれば、藩の改易にだってなりかねない」

俯く稲葉に、綸太郎はたたみかけるように言った。

「虎徹は美しさではなく、斬れ味と強さにあります。御三家の水戸《みと》様をはじめ、諸藩の藩主も虎徹を好み、特にイザというときのために家臣に、帯刀させているほどです。田辺様は、御家に縁ある虎徹を〝武器〟にして、贋作を売りつけて、藩財政の足しにしていたのではありませぬか」

「…………」

「違うなら、贋作を作った狙いはなんでしょうか……今、言ったのは、私が考えた筋書きに過ぎませぬ。よって、誰かに話すこともありませぬ」

「…………」

「ですが、贋作を売るのは幕法で厳しく禁じられており、ましてや〝取替屋〟なる者と組んで、本物とすり替えたりするのは、盗みも同じです」

「わ、分かっておる……綸太郎殿……貴殿は、それで、どうしようと言うのだ……昵《じっ》懇《こん》の松平定信様に言上致す所存か」

「昵懇ではありませぬ。むしろ睨まれてます……私は別に正義をかざす気はさらさらない。ただ、知ってしまった上は、一切をやめるよう進言しておきたい」

「……しょ、承知致した……だが、綸太郎殿……これは、まこと殿は知らぬことだし、香苗殿も、罪の念はなく、藩命……いや、身どもに従っていただけだ……二度と、かようなことは致さぬゆえ、極秘に願いたい」

粛然《しゆくぜん》として襟《えり》を正す稲葉を、綸太郎は信じるしかなかった。

「後ひとつ……柏崎の金問屋の隠居、与兵衛さんをご存じですか」

「──え、ああ……」

稲葉は曖昧《あいまい》に返事をしただけであった。

「まだ隠してることがあるようですね……いえ、言わなくて結構。これでも、〝真贋〟を見る目はあるつもりなので」

綸太郎はそう言うと腰を上げた。

六

与兵衛が、南茅場町《みなみかやばちょう》の大番屋に呼び出されたのは、その翌日のことだった。根津の寮で新たな隠居暮らしを始めた矢先ゆえ、なんとも落ち着きがなく、そわそわしていた。

詮議所では、長崎千恵蔵が鈍い目つきで凝視している。じっと我慢するように座っている与兵衛の額には、この寒い時節であるのに、うっすらと汗が滲《にじ》み出てきていた。狼狽《ろうばい》したような与兵衛の顔を見て、長崎は身を乗り出して、

「おまえが香苗と通じていることは、先刻承知しておるのだ。正直に申せ」

「あの……通じていると言われても、私には何のことだか……」

「隠し立てしても無駄だ。おまえは、金問屋の隠居などではなく、実は〝取替屋〟の頭目として、香苗から頼まれて仕事をしていた……そうであろう」

「いえ、私は……」

「私はなんだ」

「何も存じ上げませぬ。香苗様とは誰のことです」

「それ以上惚けると、厳しい拷問《ごうもん》を科すしかない。しかも、与兵衛……おまえは、金問屋でもなんでもない。ただの風来坊だということを、町奉行所では摑《つか》んでいるのだ。往生際をよくしないと、その首が晒《さら》されることになるぞ」

「——なんと、まあ……」

他人事《ひとごと》のように唸《うな》った与兵衛は、ぼんやりとした目つきになって、虚空を見やった。そして口の中でぶつぶつ言っている。その様子を見ていた長崎は、

「言い訳ができまい。その落ち着きのなさは、図星だからであろう」

「…………」

与兵衛はいきなり立ち上がると、そのまま廊下に出て行きそうになったが、すぐさま他の書物同心が止めた。とっさに逃げ出そうとでも思ったのか、心ここにあらずであった。よほど狼狽したのであろう、声も上擦《うわず》っていた。

「も、申し訳……あ、ありませぬ……厠《かわや》は、どちらで……」

「つまらぬ芝居はよせ。奉行所から逃げようなんて、ゆめゆめ考えるな」

「……本当に洩れそうなのです」

「だったら、ここでやれ」

長崎は底意地の悪そうな目つきになって、

「これを見てみな……」

と傍らに置いてあった木箱から、茶碗をひとつ取り出した。

まるで骨董店主のような態度で、長崎は茶碗を与兵衛に見せながら、ギラリと目を輝かせた。いかにも怪しんでいるような顔だ。

「この茶碗は、本物か？　自分でも作陶するほどだし、色々と書画骨董を集めているそうだから、見る目も確かであろう」

「いえ、私にはそのような……」

才覚はありませぬと首を振ったが、長崎は曰《いわ》くありげな目で、与兵衛を睨みつけ、

「さあ申してみよ。おまえの眼力で構わぬから」

と無理矢理、手に取らせた。仕方なく、しばらく茶碗を見ていた与兵衛は、

「これは……おそらく、本物でしょう」

ぽつりと答えた。

「自信なげだのう……」

「はい。私はたしかに作陶をしますが、下手の横好きなだけでして」

「さようか？　そこまで目が悪いとはな……自分が作った物も忘れたか」

「自分が作った？」

思わず声が上擦った与兵衛を、長崎は冷ややかに見つめながら、

「これは、おまえが作ったもので、さる大名屋敷にある本物と入れ替えたものだ」

「なにをバカな……」

「本物はどこに置いてある。おまえひとりで楽しむために、庵や寮に隠してあるのか……俺は詳しく知らぬが、これは、〝ととや〟と呼ばれる逸品で、かの千利休から古《ふる》田《た》織部、や小堀遠州にも愛でられたものらしいな」

「……さようで」

「その大名は茶事のときに、これを客人に出していたそうだが、誰も見抜けなかったとか……もし、その場に、おまえがいたら、腹の中で大笑いしていたことよのう」

「ご勘弁下さいまし。なんの話やら……」

首を振る与兵衛の腹に、長崎はいきなり刀の鞘先を鋭く当てた。

「うっ……何をなさいます……」

「ほれ。小便が洩れないではないか。厠に行きたいってのは嘘。この茶碗も贋物なんだよ。しかも、おまえが作った贋作だ」

「ですから、知りません。これが贋物だとして、これだけのものを私が作れるのでしたら、それこそ乾山にだってなれましょう」

尾形乾山は、尾形光琳の弟で、本阿弥光悦《こうえつ》の親戚筋でもある。

「その本阿弥光悦の係累である上条綸太郎に、きちんと鑑定して貰ったのだ。これは、〝立派な〟贋作だとな。しかも、作ったのは、おまえだということもな。無くて七癖ってな、いくら消そうと思っても、目に見えないような独特の癖はあるんだとさ」

キッパリと断じた長崎の言葉に、与兵衛は幻惑を覚えたように目を閉じたが、決して認めることはなかった。

すると、静かに襖《ふすま》が開いて、綸太郎が入ってきた。

「――これは……『咲花堂』さん……」

顔を見るなり、与兵衛は観念したような顔になって、

「あなたに鑑定されたのでしたら、もはや言い訳はできませんな……兄の光琳は、京都の呉服商『雁金屋』の御曹司らしく、若い頃から能や茶道、書に通じ、まあ女遊びも派手だったとのことですが、弟の乾山は大変、真面目《まじめ》だったとか」

「ええ。光琳が絵師として芽が出たのも、家業が傾いた後、乾山の絵付けなどをしてからのこと。もう四十の坂を越えていたけれど、大輪の花を咲かせました」

俵屋宗達《たわらやそうたつ》に傾倒した光琳は、松嶋図《まつしまず》や風神雷神図《ふうじんらいじんず》などを模写しながら、『燕子花図《かきつばたず》屏風《びょうぶ》』や『紅白梅図屏風《こうはくばいずびょうぶ》』を完成させ、後世に残る画家となったのは衆知のとおりである。その光琳の才能を、実は幼い頃から、乾山は認めていた。ゆえに、いつかは自分を凌《しの》ぐ絵師か陶工になると思っていたという。

綸太郎がなぜ、そのような話をしたかというと、目の前の与兵衛にも、その光琳や乾山のような才能を見ていたからである。

「柏崎の金問屋に生まれたのは、本当のことで、あなたも光琳のように放蕩三昧《ほうとうざんまい》をして生きてきたのでしょう。自分がこの世に生まれてきたのは、誰にも作ることのでき

ない美しい物をこさえるためや。そう思っていたからこそ、家業を傾かせてまで、書画骨董に狂うた……違いますか」

「はい。初めは、色々と集めて目の保養にしていただけですが、そのうち、自分でも手慰《てなぐさ》みでいいから、やりたくなりました」

「うむ。そうしたものやと思う。ですが、贋作はいけませんな」

「でも、初めは物真似からとは、よく言われることです。書でも絵でも、手本になるものを目の前にして、じっくりと描くことで筆遣いや色合いを学ぶことができます。手本に近づけるために、様々な創意工夫をしなければなりません。そっくりに出来たときは、それは嬉しいものです」

「…………」

「けれど、陶器は真似るのが一番、難しい。当たり前です……土や焼き、釉《うわぐすり》によって、全然、思いもつかぬものができるからです。〝窯変《ようへん》〟や〝釉《ゆう》流れ〟や〝焦《こ》げ〟など、火を入れることで、人にはどうしようもない『景色』が出来てしまうからです」

「逆に言うと、贋物を作りにくいとも言える。あなたは、だからこそ陶器の贋作に魅《み》入《い》られてしまい、あの破片の山を作るほど、精を出したのですな」

「ええ……」

「だが、それは自分の心を豊かにするためでも、人を喜ばせるためでもなく、金のためだった。しかも、盗んだり人を欺いたりしてまで……それは、間違いだと思いますがね」

穏やかな口調ではあるが、綸太郎に責めるように言われて、与兵衛は項垂《うなだ》れた。金満家の隠居姿が、俄《にわか》に貧相な物乞いのように見えたのは、目に光がなくなったせいだ。傍らで見ていた長崎の目にも、同情の色が浮かんでいる。

「正直にすべて話せ。さすれば、おまえの罪は一等、減らしてやってもよいぞ」

同心に罪科の軽重を決めることはできないが、与兵衛は少しばかり、心が揺れたようにまばたきをした。

「――はい……」

与兵衛が話すからには、香苗の夫の田辺八右衛門が藩のために、贋作を作って売っていたことも明らかにせねばなるまい。そうなれば、幕府を巻き込む大騒動になるのは必定であり、改易という裁きも受けるかもしれぬ。それゆえ、家臣の稲葉は綸太郎に対しても懸命に内密にしてくれと頼んだのである。その代わり、二度と贋作を作るようなことはせぬと誓《ちか》ったのだ。

もとより、綸太郎が稲葉に義理立てするいわれは何ひとつない。真実を話して、贋作をやめさせることが、刀剣目利きとして為《な》すべきことであろうと思っていた。

「香苗さんと、与兵衛さんがどこでどう知り合ったのか知りませんが、まずはその辺から聞いた方がよさそうですな、長崎さん」

　綸太郎が振ると、長崎は同じ問いかけをした。すると与兵衛は、申し訳なさそうに俯いて、静かに話し始めた。

七

「私は元々……香苗さんのご主人、田辺様が仕えていた明石藩に、金の延《の》べ板などを届ける仕事をしておりました。これまでも、お話ししたとおり、金問屋は公儀の佐渡奉行支配で、金山から採掘されて精製されたものに、磨《みが》きをかけて、厳重な管理の下、江戸や大坂、京などの各藩の藩邸や蔵屋敷にお届けするのが仕事です。その務めの中で、田辺様と知り合ったのですが……」

　藩主には内緒で、刀剣や陶器、書画などの贋作を作って、骨董商などと組んだり、あるいは闇に捌いたりして、儲《もう》けていたことを知った。それは私利私欲のためではなく、藩の財政の一助にするものだったと聞いて、与兵衛はいたく同情したという。

「しかし、そのうち……金の延べ板の贋物も作れないかと相談をされました」

「なんと……」

長崎は義憤に駆られるような声を洩らして、睨みつけた。

「それで、おまえは作ったのか」

「まさか。それだけはできませんでした。代々、うちが担ってきた家業ですからね。そこまで辱《はずかし》めてはならないと……でも、私も食うに困ってましたし、骨董の贋作ならばできると引き受けました」

与兵衛は弱々しい声で答えたが、綸太郎はまっすぐ見据《みす》えたまま、

「だが、あなた方がやったのは、ただ贋作を売りつけたのではなくて、より本物らしく見せかけるために、〝取替屋〟が必要だった。そうですね、与兵衛さん」

と言うと、長崎の方が首を傾げて、「どういうことだ」という顔をした。小さく頷いた綸太郎は、持参していた風呂敷包みを開けて、桐箱を取り出した。

その中には、黒楽《くろらく》茶碗が入っていた。光悦らしい作風で、口辺あたりが豪快に反《そ》っており、元の土の色合いと黒釉の均衡《きんこう》がいい。書家でもあった光悦が、優雅な筆さばきで墨を塗りつけたような趣である。

「与兵衛さんもご存じのように、光悦は元和《げんな》元年（一六一五）に、徳川家康から京の

鷹峯《たかがみね》の土地を拝領し、沢山の陶工や画工、蒔絵《まきえ》師、そして刀工などを集めて、いわば〝芸術家〟の村を作った。実は、光悦が熱心に作陶を始めたのは、この頃からで、織部を手本にしながらも、自由闊達《かったつ》に作った。これは、その頃のもので、〝雪峰《せっぽう》〟の赤楽茶碗のような気品には欠けますが、さすがは光悦らしい凄さを秘めています。どないですかな」

さりげなく差し出されて、与兵衛は手にするのをためらったが、綸太郎に勧められて、おずおずと眺めてみた。

「たしかに、お見事です……でも、これは贋作なのでございましょう？」

「なぜ、そう思うのです」

「まさか、本物があるとは思えませんから」

「そうですか……」

綸太郎は真偽については語らず、もうひとつ、別の風呂敷を開けて箱を見せ、同じような茶碗を取り出した。

「これは、如何ですかな」

「――はて……」

「そっくりだとは思いませんか？」

「ええ……」

与兵衛は改めて、まじまじと見ていたが、茶碗を手にしている指先が、微妙に震えていた。長崎はそれに気づいて、

「なんだ。どういうことだ」

「…………」

「おまえが手にしているのが本物で、先に見た物が贋物なのか？」

勘繰るような目になった長崎に、綸太郎はシッと指を立てて、

「座禅のときのように、精神を研ぎ澄《す》ませて、心を集中させねば、真贋は見抜けません。与兵衛さんは、それができる人です」

と言った。おだてているわけでも、皮肉でもない。事実、本物を見極める目があって、作陶もできる人物だと、綸太郎にはよく分かっているのである。

「さあ、与兵衛さん……いずれか、ひとつを割ってみせて下さい」

「えっ……」

「もちろん、贋作の方を割って下さいよ」

「――い、一体、何の座興です……私は正直に話しているだけです……」

与兵衛は緊張して言った。体全体に冷や汗を掻《か》いているのが、綸太郎にも長崎にも

分かる。だが、容赦《ようしゃ》なく、

「さあ。いずれか、ひとつを」

「………………」

「どちらか、ひとつは、自分が作ったものですから、分かりますでしょう」

ふたつの黒楽茶碗を凝視していた与兵衛の瞳はギラギラと輝いて、眉間の深い皺《しわ》がますます寄ってきた。

「さあ……ッ」

綸太郎が迫るように言うと、「うっ」とわずかに呻《うめ》いてから、与兵衛は意を決したように手にしている茶碗を振り上げて、もうひとつの茶碗にぶつけて割った。

「あっ！」

長崎は思わず声をあげて腰を浮かせたが、綸太郎は静かに見つめたまま、

「──あなたはさっき、本物があるとは思えませんから……と思わず口をついて出た。それはそうでしょうな……本物は自分で、根津の寮にでも隠しているのでしょうから」

「………………！」

「このふたつは、いずれも、あなたが作ったものです。ほんに、ようでけたものや

と、感心いたしました」

皮肉ではなく、心底、痺《しび》れたように、綸太郎は言った。

「これと同じような光悦らしき黒楽茶碗は、あなたから借りた加賀藩別邸の庵の……蔵から、無数に出てきました」

「……………」

「それ以外のぐい呑みや花瓶、茶壺なども、ぞろぞろとあった……まさか私が開けて、ぜんぶ見るとは思わなかったんですか」

「あ、いや……」

「もしかしたら、見つけて欲しいがために、私にあの庵を譲ったのではありませんか……ずっと心苦しく思っていたけれど、言い出しかねて、私に見つけて貰いたいと」

「……………」

「でないとしたら、巧《たく》みに隠すためですか。私があの庵にいる限り、誰かが、今割ったような贋作を探しに来ることはないと思っていたのですか……それゆえ、これだけは、という逸品だけを持って、根津の寮に行った」

「……………」

「その前に、幾つかのものを私に鑑定させて、〝折紙〟を書かせたのは、その〝折紙〟

の贋物を作る気ではなかったのですか？」

　綸太郎が畳みかけるように訊いても、与兵衛は黙ったまま俯いて割れた茶碗の欠片《かけら》を見つめている。

「根津に運んだのは……〝取替屋〟に盗んで来させた本物だけで、神楽坂の庵には、それを見て作った贋作がほとんど」

「……………」

「裏庭にあれだけの欠片を捨てるほど、並々ならぬ苦労したということですね」

「……………」

「紅葉《もみ》つ……という言葉を聞いたことがありますか？　命の限り生きた最後に、真っ赤に燃えるように散っていく、必死の力です……あの破片の山に、私はそれを感じました」

「……………」

「でも、その気迫や性根の使いどころは他にもあったと思いますがね」

「ふう……」

　ずっと黙っていた与兵衛が、深い溜息をついたが、綸太郎は見据えたまま、

「あなた方がしてきたことは、決して許されることではない。ただの泥棒以上に、酷

いことなんですよ。仮にそれが、藩の財政のためだったとしても」

と詰め寄った。

与兵衛は穏やかな目で綸太郎を見つめていたが、わずかに微笑を洩らして、

「——参りました」

と呟いた。

「おい。待てよ、どういうことだ」

長崎が狼狽したように、ふたりの顔を見比べた。まるで、将棋の試合で投了したが、その先の詰めの手が読めない感じなのであろう。長崎は半《なか》ば苛つきながら、

「きちんと話をせんか」

「こういうことです、長崎さん……」

穏やかな目を向けて、綸太郎は口を開いた。

「この与兵衛さんと香苗さんは、〝取替屋〟に頼んで、本物の刀や陶器を盗み出す。あまりに度々だと、お上が動くので、たまには盗まれたことが、バレてもよいと踏んでいた。もちろん、それは計算尽くです」

「バレてもよい、とは……」

「たとえば、この光悦の黒楽茶碗は、実は本物を私も鑑定したことがあります。さる

大名が持っているものです。が……見事にすり替えられておりました。その大名は、何者かが盗んだと、世間に告白します。すると、どうなります?」

　綸太郎が訊くと、長崎は頷き返した。

「その話は、瓦版《かわらばん》で読んだことがある。大層な騒ぎであった」

「ええ。それが、与兵衛さんの狙いです」

「狙い……?」

「骨董商や闇の商人、あるいは趣味人たちは、盗まれた物を密かに欲しがります。『これが、例の黒楽茶碗です』と話を持ちかけて、金を吹っかけるのです」

「そんなことで、買うものか?」

「もちろん。垂涎《すいぜん》物は、幾ら出しても隠し持ちたいと思うのが、書画骨董にはまった人の弱点と言ってよいでしょう……与兵衛さんは、そこに巧みに付け込んで、本物にそっくりのものを作って、売っていたのです」

「ふむ……」

「しかも、ひとつではない。十、二十……いや百や二百かもしれない」

「そんなに!?」

「密かに買った方は、盗品だという負い目があるから、他言することはない。逆に、自分だけが持っているという優越心もある。だから、決して人には話さない……つまり、与兵衛さんとしては、何人でも同じ手口で騙《だま》せるわけです。『これは、あの大名屋敷から盗まれた、たったひとつの、あの黒楽茶碗ですよ』とね。同様の手口で、どれだけ罪を犯したかは、正直に話すがよろしい」

綸太郎の話を聞いていた長崎は、怒りと驚きの入り混じった顔になって、

「——まことか、与兵衛」

と訊いた。

「はい……畏れ入ってございます」

深々と頭を下げた与兵衛は、すっかりと観念した上に、首を晒される覚悟をしたのであろう。妙に落ち着いた表情に変わり、

「ですが、最後のお願いがございます。どうか、明石藩のことだけは内密に願います。でないと、旦那に切腹された香苗さんが、あまりにも不憫《ふびん》で……お願い申し上げます」

と温情を請《こ》うた。

長崎は何も答えなかった。だが、与兵衛の胸の内には、香苗への恋慕もあるのではないかと匂わせるような言い草に、無言で見つめ返していた。

八

その翌日のことである。

バチバチと破裂する音を立てながら、赤城神社裏の雑木林が燃えていた。風が吹いてきて、烏《からす》が異様な鳴き声を発しながら、飛び廻っている。その奥にある茶室風の香苗の工房が、炎に包まれているのだ。溶鉄が燃え移ったのであろうか。

駆けつけてきた町火消しの鳶たちが、懸命に延焼を防ぎながら、玄蕃桶《げんばおけ》や龍吐水《りゅうどすい》で水をかけ、大槌《おおつち》や鳶口《とびぐち》で、工房をたたき壊していた。

騒ぎで駆けつけてきた綸太郎は、目の前で燃え広がる光景を見て、唖然《あぜん》と立ち尽くした。香苗に案内されてきたときのことを、思い出して、一体何があったのだと、胸が張り裂ける思いだった。火の粉がバチバチと飛んできて、綸太郎の頭上から降りかかった。

「危ねえぞ、どけどけ！」

「おまえだよッ。そんな所に突っ立ってるんじゃやねえ！」

「邪魔だ、邪魔だ！」

綸太郎が押しやられた瞬間、何処かで鉄が弾《はじ》けるような音が響いた。気のせいかもしれぬが、鍛冶仕事もしていた工房だから、燃えさかる炎の中で、鉄が折れたのかもしれない。

そのとき、一枚の黒地に赤い格子《こうし》柄の小袖が炎に燃えながら舞った。それは、いつぞや香苗が着ていたものだと、綸太郎は思った。小袖はひらひらと舞って、竹林に引っかかったが、竹は燃えにくいから、すぐさま町火消しが鳶口で引き落とし、水を掛けて消した。

「母上！　お母上ぇ！」

すぐ近くの藪《やぶ》の中から飛び出してきた駒之助が、まだ燃えさかる工房に向かって飛び込もうとした。

「な、なにをするのやッ」

思わず綸太郎は、駒之助を抱き留めた。が、それでも必死に抗《あらが》って、

「放して下さい。あの中には母上が……母上がいるのです！　誰か、誰か、母上を助けて下さい！　助けてえ！」

しまいには悲痛な叫び声になっていた。だが、綸太郎は必死に抱きかかえながら、

「あの中に、香苗さんがいるのか」

「はい。伝蔵さんと吾市さんも一緒だと思います」

「なんだと⁉」

「昨日、与兵衛さんが大番屋で捕らえられた後、もはやこれまでと覚悟を決めたんです。伝蔵さんと吾市さんは、元は父上の家来でしたから、殉死したんだと思います」

駒之助は毅然とした言葉で、真っ赤《まっか》に迫ってくる炎に向かって行こうとした。町火消したちの乱暴なほどの大声が聞こえる。燃えさかる工房の中では、人が蠢《うごめ》いているようにも見える。それが、香苗なのか伝蔵たちなのかは分からないが、暴れるように動いている。

「――は、母上ぇ……！」

絶叫する駒之助の声が雑木林に轟《とどろ》いたとき、文吉が駆けつけてきた。『松嶋屋』の下足番である。これまた悲痛な顔をしていた。

「わ、若旦那。えらいことですッ。加賀藩の庵までが燃えてます」

「ええ⁉」

与兵衛から譲られて借りている所で、今の今まで、茶を点《た》てたりしていたのだ。まさか、湯釜の火を消し忘れたわけじゃあるまいと思って、

「文吉、この子を頼む」

と血相を変えて駆け戻ると、目を疑うような光景が広がっていた。

藁葺《かやぶ》き屋根からは、火柱がのぼって猛然と炎が広がりつつある。そして、

――ドカン！

と轟音がして、陶器の破片などが飛び散った。一緒に走ってきた町火消しの鳶たちも、一瞬、のけぞるほどの勢いで、炭や油などにも燃え移ったかもしれぬと叫びあっていた。

ふだんは優雅な趣の路地だが、このような災害が起こると、狭すぎて隣家にも燃え移ることも多い。町火消したちは、自分たちの印半纏《しるしばんてん》に火がつくのも構わず、勇敢に炎に向かっていき、懸命に炎を消そうと躍起《やっき》になっていた。

だが、時々、起こる爆音のために、すぐさま近づくことができず、一気呵成《いっきかせい》に消し止めることは難しかった。

「なんで、爆発するんでえ！　何があるんでえ！」

町火消しの誰かが叫んだ。

「釉と一緒に照りを出すために、ほんの少量ですが、火薬にもなる硝石《しょうせき》を混ぜることがあります。おそらく、それが……」

と綸太郎が言いかけると、

「バカヤロウ！」

町火消しは怒声を上げて、批難の目を向けた。それでも、果敢に火の手に立ち向かった。香苗の工房と同じように、炎の中に人の影が見えたからだ。

「――まさか……！」

綸太郎の脳裏に嫌なものが過ったとき、背後から声をかけられた。文吉が啞然と立っているのだ。

「さっきより凄くなってる……」

「おい。駒之助はどうした」

「大丈夫です。町火消しの棟梁に預けました。母上があんなことをして、よほどの衝撃みたいで、もう口もきけなくなってます」

「…………」

「で、若旦那……さっき気づいたんですが、こんなものが、うちに……『松嶋屋』の下足棚の中に、置いてありました……」

文吉がおずおずと差し出したのは、薄い木箱に入った一通の文《ふみ》だった。

「なんです……？」

開いて見ると、そこには達筆でしたためられた、与兵衛からのものだった。だが、よほど急いで書いたのか、墨がぽたぽたと飛び散っている。

『ご迷惑をおかけしました。上条綸太郎様の心眼には畏れ入りました。私の手による贋作はすべて燃やし尽くし、私もまたこの世から消えたいと思います』

とだけあった。つまり、贋作の証拠も一緒に消し去ろうというのであろうか。

――しかし、なぜ……大番屋の牢《ろう》に留め置かれていたのではないのか。

という思いに綸太郎は駆られていた。だが、駆けつけてきた長崎によると、大番屋の近くでも小火《ぼや》が起きたので、番人が一旦、牢から出したとのことだった。その隙《すき》に逃げたに違いないのだ。

夕暮れ近くなって、炎はますます赤味を帯びてきた。

近所から集まった野次馬に混じって、美津と波奈も呆然と眺めている。

「綸太郎！　俺には、大枚を出して買った売り物も沢山あるんやないの！」

「そんなことを言ってるときじゃないでしょう、姉貴」

「何を言うのです。せっかくの逸品が、燃え尽きてしまうのですよッ」

「それより、与兵衛さんの命や……香苗さんといい……」

何とも言えぬ思いに綸太郎は駆られた。その側で、波奈は何も語らず、静かに見ていたが、見るに忍びないのか、その場から立ち去った。

炎は大きくなったものの、町火消しの献身的な消火のお陰で、庵が燃えただけで済んだ。同じ頃、赤城神社裏の工房の火事も落ち着いた。風もあったから、他の町に広がる大火事になる懸念もあったが、収束して良かったと誰もがほっとした。

跡形もなくなるとは、このことだが、燻《いぶ》すような火が落ち着いた後に、町火消しの棟梁が中心となって、長崎ら同心も一緒に火事跡を調べた。

名器を失って、美津は呆然と立ち尽くしていたが、

——妙だな。

と綸太郎が感じたのは、焼け跡に足を踏み入れてしばらくしてからだった。

綸太郎が最も大切にしていた本物の黒楽焼きなどは、万が一のことを思って、地下蔵に埋めておいたのである。どこの屋敷でも、火事に備えてある隠し蔵だ。〝紅鳥〟のような盗賊が暗躍しているなら、警戒するのも尚更《なおさら》のことで、店には与兵衛の作った贋作を並べておいたのだ。

だが、そちらは燃えているが、地下蔵は空っぽだったのだ。

しかも、与兵衛の焼死体などは発見されなかった。さらに、赤城神社裏の工房からも、誰ひとりとして、死体は見つかっていない。跡形もなく消えることは考えられず、初めから人などいなかったと、長崎や町火消しの棟梁は判断した。

そして、人に見せかけた藁《わら》人形の跡も、わずかだが残っていた。

「――してやられたな……」

ぽつりと洩らした長崎は、うっすらと笑みすら浮かべて、綸太郎を振り向いた。

「俺たちの探索はすべて水の泡だ。奴らがやってきた悪事は消し去られ、明石藩との関わりも……そして、肝心の与兵衛や香苗らが、何者で何処へ消えたかも、分からずじまいになってしまうかもな」

「え……？」

「明石藩に聞いても、どうせ知らぬ存ぜぬを通すであろう」

長崎の言葉に、綸太郎も愕然《がくぜん》となった。利用されるだけされ、庵を借りたばっかりに、手に入れた書画骨董も奪われてしまったからだ。その上、『咲花堂』の〝折紙〟の贋物も何処かで使われているかもしれぬ。

火事の直後――。

『松嶋屋』の下足番の文吉も、ふいに姿を消した。そして、駒之助も姿を消していた。火消しの棟梁に、文吉が預けたというのは嘘で、やはり火事場から姿を消していた。

「つまり……燃えさかる火の中に、まるで母親の香苗がいるような芝居をしたのだ。

文吉も、火事の中に与兵衛がいるように見せかけるために、あの文を手渡したのや……」

最後の最後まで、気の抜けぬ奴らだったはずなのに、綸太郎は文吉と駒之助までが、組んでいたとは考えていなかったのだ。

考えてみれば、そもそも文吉が、与兵衛に引き合わせて、色々な騒動に巻き込まれた。『松嶋屋』の旦那は知らないことだったが、文吉が〝取替屋〟の一味だったことは、唯一残されていた茶碗で分かった。

黒楽茶碗の贋物が、自分の部屋にあって、

『上条綸太郎様にお返し下さい。文吉』

と添えられていた。これは、あきらかに与兵衛が作ったもののひとつで、〝折紙〟も綸太郎の筆跡や落款《らっかん》に似せたものだった。心の中でベロを出したような所業である。

「厄介なことやな……」

贋の〝折紙〟が出廻ることは、『咲花堂』を通じて、諸国の目利きに通達されるであろうが、人目のつかないところで、何をされるかは分からない。

綸太郎は、『波奈』で茶を飲みながら、少なからず香苗たちと関わっていたことを、

改めて問い詰めた。だが、

「前にも話したとおり……私も騙されておりました……あがなわなければいけないことがあれば、なんでも致します」

と胸を痛めて、申し訳なさそうに言う波奈を、綸太郎は心の何処かで許していた。しかし、長崎たち町方は今日も、〝取替屋〟であろう与兵衛、香苗、駒之助、文吉を捜している。

江戸に舞い戻ってきて早々、騒動に巻き込まれた綸太郎を、

「これでは先々、あんたの目利き仕事が心配やなあ。大丈夫かいな」

と美津は流し目で見るのであった。

だが、今日の神楽坂は陽光が照りつけて、堀沿いの見附まで見渡せる。大事な書画骨董を盗まれてしまったのに、江戸暮らしの見通しは悪くないと、暢気《のんき》に笑う綸太郎であった。

第三話　殿様の茶壺《ちゃつぼ》

一

いずれかの武家屋敷の奥座敷であろう。すぐ近くで、鼾《いびき》が聞こえている。

その床《とこ》の間には、小さな茶壺《ちゃつぼ》がポツンと置かれてあった。

朝鮮青磁《ちょうせんせいじ》のもので、かなり値の張るものだと思われる。だが、茶室でもないのに、いかにも無造作にあって、障子戸《しょうじど》から射し込む月明かりに、ぼんやりと浮かんでいる。

天井の羽目板がスッとずれると、するすると細長い紐《ひも》が垂《た》れてきた。その先は輪っかになっていて、丁度《ちょうど》、獲物の茶壺の首の窪《くぼ》みにくいっと引っかかった。

次の瞬間、ピンと紐が張られると、そのまま天井に音もなく引き上げられ、羽目板の隙間《すきま》から黒い天井裏に消えた。そして——折り紙の鶴なのか、ひらひらと舞い降りてきて、丁度、茶壺があった所に落ちた。

鶴ではなく、紅《べに》色の烏《からす》であった。

どことなく間抜けのようにも見えるし、人を食ったようにも感じるが、鮮《あざ》やかな紅色の烏は、月光を受けて妙に艶《なま》めかしかった。

その直後のことである。

ミシッと天井板が踏み抜かれて、茶壷を盗んだばかりの賊《ぞく》の足が見えた。紺《こん》色の足袋《たび》を履《は》いていて、すぐさま必死に体勢を立て直して逃げたが、深夜のせいで異様なほど大きな音ゆえ、さすがに鼾を立てていた殿様らしき侍が目を覚まして、アッと天井を見上げた。

「あ……ああ！　曲者《くせもの》じゃ、曲者じゃ！」

思わず大声をあげたが、次の瞬間、賊の姿は消えていた。慌《あわ》てて、屋敷の外に逃げ出したのであろうが、あちこちで頭や体をぶつけるような物音を立てており、家来たちが駆《か》けつけてきたときには、中庭を懸命に逃げる黒装束の姿が蒼月に浮かんでいた。

予《あらかじ》め逃げ道を確保していたのか、塀にかけてあった縄梯子《なわばしご》を必死に登り、そのまま外に飛び降りた。

「痛《いて》え――！」

足を挫《くじ》いたのか、実に痛そうな悲鳴を上げて、それでも必死に逃げる様子が、屋敷内からでも窺《うかが》えた。

賊は必死に逃げてきて、両国橋西詰辺りにやってきた。昼間は、見世物小屋や茶店、飯屋などが並ぶ繁華な町だが、深夜ともなると表戸はすっかり閉まり、出店も引き払っている。ガランとした所にいると、余計目立つはずだが、黒装束で頰被《ほっかぶ》りの賊は、周りを見る余裕もないのか、スタコラサッサとがに股《また》で走っていた。

空の蒼月は、逃げまどう賊を笑っているようだ。

「御用だ！　御用だ！」「〃紅鳥〃が出たぞ！」「向こうだ追え、追え！」「とっ捕まえて八《や》つ裂《ざ》きにしろ！」などと騒々しい声が沸《わ》き起こった。盗みに入られた武家屋敷の家来だけではなく、騒ぎに気づいたのであろう、町方も一緒になって追いかけているようだ。

賊の男は逃げまどっていたが、呼子や「御用！」の声が近づいてくると、茶壺を適当に茶店の縁台の下に置いて、こけつまろびつ立ち去った。

その茶壺は剝《む》き出しであって、龍の紋様が妙に印象的だった。だが、追いかけている武家や町方同心、岡っ引たちも、縁台の下の茶壺には気づかず、黒装束が逃げた方へ、懸命に走っていった。

だが、その夜は、賊は何処《どこ》をどう走ったのか、とにかく逃げ切ったのだった。

翌日、〃紅鳥〃が出たという噂《うわさ》は、町場に流れたが、一体、何処で何を盗まれたのかということは、瓦版《かわらばん》にすら載らなかった。おそらく、盗まれた武家の方が「箝口《かんこう》令《れい》」を敷いたのかもしれぬ。賊に入られたという不名誉を世間に晒《さら》すことになるからだ。

茶店の縁台の下に捨て置かれた茶壷のことは誰も気づかずに、翌日も、両国橋西詰の繁華街は、いつものように大勢の善男善女で賑《にぎ》わっていた。

ワイワイガヤガヤと人だかりができている。賑わいの中で、一際《ひときわ》、声が大きいのは、蝦蟇《がま》の膏《あぶら》売りをしている浪人の浅倉官兵衛《あさくらかんべえ》であった。大柄でもっさりしており、継《つ》ぎ接《は》ぎだらけの着物や無精髭《ぶしょうひげ》から見て、よほどの食い詰め者のようだった。しかも、大道芸は不慣れなのか、ぎこちない。

「さァて、お立ち会い！　手前、ここに取り出したるは、ええ……陣中膏《じんちゅうこう》は、し、四六のガマだ。ガマといっても、縁の下やそんじょそこらのガマとは違うぞ。ええと、上総《かずさ》いや、常陸《ひたち》の国は関東の霊山、筑波山《つくばさん》で獲れた四六の、ガ、ガマだ……」

半紙を何枚も重ね切りして、刀の切れ味を披露し、浅倉は威勢よく自分の腕を切って血を見せたが、

「ア、痛い……いや、痛くない……ガマンのガマだ……よいか篤《とく》と見ておれ」

と呻《うめ》きながらガマの膏を塗《ぬ》った。

「手前のガマの膏を塗れば、三つ数えぬうちにピタリと……ピタリと……ええ、止ま

らぬな。ア、痛い痛い！」

思わず傷口を舐《な》める浅倉を、見ていた客たちが大笑いをして、

「本当に切ってやがら、バカだなあ」

「ガマの油も効きゃしないいじゃないの」

「そんなの誰も買わないよ」

などと、からかっていると、

「ちょいとお待ちなせえ」

黒山の中から声があって、近づいてきたのは、一見して遊び人風の、なかなか男前の若い男で、粋《いき》でいなせな——とまでは言い難いが、何となく江戸っ子風な顔だちと物腰である。

「旦那《だんな》。せっかくの上等なガマの膏が、それじゃ台無しですぜ」

半《なか》ば強引に、浅倉から刀を取りあげると、遊び人風はなぜか名調子で、

「サアサア、御用とお急ぎでない方はゆっくりと聞いておいで。遠目、山越え、傘の内、聞かざる時は物の文色《あいろ》と道理がとんと分からない。さあ、遠慮はいらないから遠くの人は近くへ、近くば寄ってごろうじろだ。ただ今より陣中膏はガマの膏売りの始まりだア」

通りの客たちはもとより、近所の茶店の女なども、思わず吸い寄せられるように集まる。相当手慣れたもので、通りかかった艶っぽい肌をした芸者姿のさくらや、小肥りで鈍そうな茶店の小娘・お仙《せん》も近くに行って覗《のぞ》き込んだ。

「手前、ここに取り出しましたるは、陣中膏は四六のガマだ。縁の下やそんじょそこらのガマとはガマが違う。あんなものは、薬石効能がねえ。手前のは常陸の国は関東の霊山筑波山で獲れた四六のガマだ。四六五六はどこで分かるかい。前足の指が四本、後ろ足の指が六本。これを名付けて蟇蛙蟬噪《ひきせんそう》は四六のガマ。一年のうちに、五月、八月、十月に獲れるところから、一名、五八十《ごはっそう》は四六のガマともいう」

遊び人風の流暢《りゅうちょう》な口舌に、客たちは、「へえ」「そうなんだ」「知らなんだ」などと、感心しながら、前のめりになった。

「では、この膏、何の役に立つかというと、尾籠《びろう》な話で恐縮だが、切れ痔《じ》、疣痔《いぼじ》、瘻《ろう》、脱肛。さらに擦《す》り傷、切り傷、刀傷。その他、冬になりましてのヒビ、あかぎれ、何にでもピタリと実によく効く……だが、お立ち会い！」

サッと刀を掲《かか》げて、歌舞伎《かぶき》役者のように形を決めて、

「手前、これに取り出したるはご存じ正宗《まさむね》の名刀。えいッと抜けば夏なお寒き氷の刃。つらんてんとん玉と散る。刃は零《こぼ》れない、錆《さび》ひとつない。鈍刀鈍物とは訳が違

う」

と半紙を手際よく切りながら、

「一枚が二枚、二枚が四枚、四枚が八枚、八枚が十六枚……ええい、面倒だ。一束《いっそく》と二十八枚！　上へ吹き上げれば、比良《ひら》の暮雪か嵐山《あらしやま》は落花の舞！　このとおりよく切れるが、この差裏、差表にガマの膏を塗るとどうなる。押して切れない、引いて切れない、叩いて切れない。あれほど切れた名刀が、ただのなまくら同然になった。これ、ガマの膏のなせる業《わざ》だ」

刀の刃に自分の指や掌《てのひら》を当てて、やって見せながら、

「何だ？　おまえのガマの膏はただ刃物の切れ味を止めるだけか。そうおっしゃる御仁がいるかもしれんが、そんな訳が分からぬものを売るわけがない。さればどうなる？　この膏を拭《ふ》き取ると、刃物の切れ味が再び戻って、鉄の一寸板も真《ま》っ二《ぷた》つ。手前の腕に軽くあてがっただけでも、ほれ、このとおり血が出る……だが、この程度の傷に驚くことはない。手前のガマの膏を塗れば、三つ数えぬうちに、血がピターッと止まる。その昔、上杉謙信《うえすぎけんしん》も武田信玄《たけだしんげん》もこのガマの膏を持って戦っていた代物《しろもの》だ。さあさあ、買わなきゃ損だよ、怪我《けが》するよ！」

遊び人風の名調子にヤンヤヤンヤの拍手喝采《かっさい》が起こり、「兄さん、かっこいい！」

「ヨッ、いい男!」などと惚《ほ》れ惚《ぼ》れと聞いていた町娘たちや職人ら、大向こうからの声がかかった。我も我もと買い求め始め、あっという間に売り捌いたのであった。

そんな様子を唖然《あぜん》と見ていた浅倉だったが、遊び人に向かって両手を合わせると、

「かたじけない……これで溜《た》まっていた長屋の店賃《たなちん》が払える」

「そうかい。それは、よかった」

「しかし、あの血はどうやって……近くで見たがサッパリ分からなかったぞ」

「なに、ちょっとしたコツだ」

「世話になった上になんだが、ご指南下さらぬか」

浅倉が頭を下げたとき、

「やめて下さいまし。お許し下さい」

と悲痛に叫ぶ女の声がした。若い衆が振り返ると、浮世絵から抜け出たように美しく清楚《せいそ》な武家娘を、癖《くせ》のありそうな旗本奴《やっこ》が数人、からかいながら追いかけてくるのが見えた。

羽織袴《はおりはかま》の頭目らしき男の他は、まるで歌舞伎から出てきたような隈取《くまど》りの悪役顔での立ち居振る舞いで、刀の鞘《さや》は赤く揃《そろ》えてある。

それを見た浅倉は、アッとなって、なぜか背中を向けた。

「また厄介《やっかい》な赤鞘組の奴が来たよ」「関わらない方がいい」「くわばら、くわばら」などと町人たちは遠巻きになる。

赤鞘組とは、三千石を超える寄合旗本である。つまりは役職のない大身旗本で、タチが悪いので、町人たちは怯《おび》えていた。

その頭領は小柄ではあるが、岩のようないかつい顔をしていて、人を見る目はならず者のそれと変わらなかった。野次馬たちの洩《も》らした声から、頭領の名は、酒井主税《さかいちから》だと分かった。

「日菜《ひな》。そんなに照れることはあるまい。はは、ういおなごよのぅ」

しっかりと娘の手を握った酒井の顔は、だらしなく涎《よだれ》を垂らすほどであった。その手を振り放して、日菜と呼ばれた女は、

「どうか、お許し下さいまし。ご勘弁下さいませ」

「いやいや、ご勘弁下さらぬぞ。おまえとて、本当はわしのことを好いておろう。顔にそう書いておる」

家来の遠藤《えんどう》、上林《うえばやし》、垣添《かきぞえ》、高安《たかやす》、松谷《まつたに》ら数人が、いずれも歌舞伎の悪役の芝居がかった態度で、日菜を取り囲みながら、

「つれない素振りで深情け」「かけて殿の気を揉《も》ませ」「いやよいやよも好きのうち」

「浮き世の花と散りぬるは」「惚れて尚《なお》増す胸の傷」「恥じらう乙女《おとめ》の、アッ、恋心じゃわいなあ」

などと〃因縁《いんねん》〃をつけた。

「兄上！　お助け下さいまし、兄上！」

日菜は振り返って、浅倉に救いを求めようとした。が、酒井は、嫌がる日菜を抱き寄せて、浅倉を振り返って、

「おまえの兄上には、許しを得ておる。その代わり、いずれ我が旗本三千石、酒井家の家臣にしてやるよってな。さすれば、つまらぬ大道芸をやることもあるまい」

と横柄な口ぶりで言って、

「さあ、日菜、参ろう、参ろう……」

強引に連れ去ろうとした酒井の前に、立ちはだかったのは、どこぞの商家の内儀《おかみ》さんふうの女だった――いや、なんと、綸太郎の姉の美津であった。

二

「野暮《やぼ》と揖保《いぼ》は、蝦蟇の膏を塗った方がようおすえ、旗本奴の旦那さん方」

美津がニコリと微笑《ほほえ》みかけると、酒井の目つきが俄《にわか》に凶悪に変わったが、

「たしか、旗本の酒井主税様ですよねえ。酒井様といえば、寄合旗本の筆頭と聞いておりますえ。しかも、御父上は、長崎奉行を務めたような立派な御仁」

「女……よく知っておるな。大目付にもなったぞ」

「それが、こんなか弱い娘さんを手籠《てご》め同然に連れ去るっていうのは、粋じゃありゃせんねえ。京では、あなた方のような人のことを、スカタンと言うんどっせ」

「この無礼者！」

遠藤ら家来たち、気色《けしき》ばんで美津を取り囲むと、一転して、不穏な雰囲気《ふんいき》が広がり、町人たちは遠巻きになった。

「手籠めとは聞き捨てならぬぞ、女！　聞いておったであろう。御前は、そこな食い詰め浪人に頼まれたのだ。たっぷりと可愛《かわい》がってくれとな」

「たっぷりとは言うてまへん。それに、娘さん本人が嫌がってるのどすから、その手を放しておくれやす」

「ふん……身の程知らずが。女とて構わぬ。痛い目に遭《あ》わせてやれ」

家来たちは奇声を上げながら、美津に殴《なぐ》りかかる。が、さらりと避《さ》けて、逆に相手を小手投げで投げ倒した。

「女ッ！　なめおってッ。許さぬ！」

と抜刀した家来たちが、乱暴に斬りかかった。それでも美津は避けながら、遠藤の刀を奪うや、ビシバシと峰打《みねう》ちで当てる。家来たちは、情けないくらいヘナチョコばかりだった。

そのとき、さっきの遊び人が前に出てきて、刺青《ほりもの》を見せるために腕まくりをし、怒声を上げて啖呵《たんか》を切った。

「やいやい！　黙って見てりゃ、調子づきやがって！　その姐《ねえ》さんの言うとおりだ。どうでもッてんなら、狙いを定めてチクリと刺す、この〝あぶの文左《ぶんざ》〟も手加減しねえぜ！」

と、これまた名調子で、腰の脇差《わきざし》に手をかけた。まるで、旗本奴と町奴の喧嘩《けんか》のように、緊張が漂《ただよ》った。

「どうなんでえ！」

サッと形を決めると——懐《ふところ》から、財布が落ちて、ジャラジャラと小判が数十枚、飛び散った。「アッ！」と驚きで見る酒井の家来や野次馬たちだが、〝あぶの文左〟と名乗った遊び人は気にも留めず、

「どうなんでえ、酒井様よう！」

「――分かった。今日のとこは見逃してやる。だが、この貸しは高くつくぞ」

と日菜の手を放して立ち去った。家来たちも、後を追って逃げた。

さっきの啖呵売といい、旗本奴を追っ払った度胸といい、大したもんだと野次馬たちはまた拍手喝采を始めた。だが、少し気に入らないのは、美津だった。

「あんたさ……目端は相当、利くようやけど、人の手柄取って、どないするのですか」

「へへ。あのままじゃ、姐さんも斬られると思いやしてね。あっしは、惚れ惚れしやしたねえ。京訛《なま》りのようですが、どちらの奥方様でございますか」

「名乗るほどの者ではありまへん」

「ひゃあ、そこがまたいい。痺《しび》れるねえ～」

「私は、あなたのような軽率な男が、一番嫌いどす。騒ぎが収まったのなら、私はこれでおいとまいたします。ほな」

美津は背中を向けると、颯爽《さっそう》と立ち去った。

「――いや……いいねえ……おいら、惚れちまったぜ……女と柿は熟したのに限る……ひゃあ、たまんねえなあ」

と文左がズズッと涎をすすると、目の前に財布が差し出された。地面に落とした小判を、芸者のさくらが拾ってくれたのだ。

「兄さん。あんな年増が好きなのかい？　私みたいな青いのも、おいしいですよ。それより、ほら。大事なもの」

「悪いな」

あっさりと懐に入れた文左に、さくらは興味津々の顔をして、

「それにしても、随分と太っ腹だねえ。そんなに金を持ってるなんざ」

「なに、たまたま博打《ばくち》に勝っただけだ」

「へえ。度胸もありゃ、運もあるとは、大した男だ。ねえ、ここで会ったも何かの縁、その辺で一杯、奢《おご》らせてくれないかい？」

「女に馳走《ちそう》になるほど落ちぶれてないよ」

「そうじゃなくってさあ……分かるだろ。惚れちまったんだよう……女に恥をかかせないで下さいな」

ちゃっかりとしがみつく芸者を、文左は押しやることもなく、

「酒も女も苦手じゃねえが、得手でもねえ」

「そうおっしゃらずにさあ」

「あ……それより、紅鳥乙女って奴を知らないか」

文左が唐突に訊《き》くと、さくらはキョトンとなって、

「はあ？　〝紅鳥〟……あれって、乙女ってつくんですか」

「知ってるのかい。実は、そいつに頼みたいことがあるのだが、何処にいるのか、さっぱり分からなくてなあ」

さくらは苦笑して、

「面白いお人だねえ。天下の大泥棒の居所なんて……」

と言いかけて何かを察し、

「いや……まんざら、知らなくもないよ……ゆっくり、一杯やりながら、話そうじゃないか……ねえ」

シナを作るさくらに、文左は別に惹《ひ》かれたわけではないが、〝紅鳥〟を知っているなら好都合だと、一杯だけ付き合うことにした。

そこからは、そう離れていない柳橋《やなぎばし》の小料理屋に入ったふたりは、すぐに小上がりで飲み始めた。

店内は付け台があって、その奥が板場になっているのだが、鼠《ねずみ》のような顔をした鉢巻《はちま》きの板前が包丁で魚を捌いており、女房らしき大柄の女が客たちに料理を運んでいる。が、ふたりとも、小上がりの客のことが気になっているようだ。

さくらは妖艶《ようえん》に文左にしなだれかかって、

「ねえ、兄さんったら、威勢も気《き》っ風《ぷ》もいいのに、酒はカラキシなんだねえ」

「ういい……」

お銚子《ちょうし》が何本も床に転がっており、高膳の前では、今にも酔い潰れそうな文左が船を漕《こ》いでいた。女将のおえんが覗き見ながら、

「いい加減にしたらどうだい、さくらさん。その若い衆、もうグデングデンじゃないか」

「ほんとだねえ……でも、今、いいところなんだからさ」

シッシとおえんを追いやって、さくらはさらにしなだれかかり、

「それにしても、奇遇だねえ兄さんも同じ国の出とは、なんだか仲良くなれそうだわね」

「それより、ういい……〝紅鳥〟のことだ。あいつは、何処の誰かなあ」

「どうして、捜してるんだい？」

「く、詳しくは言えないが、さる武家屋敷から、ちゃ、茶壷を盗まれてしまってな」

「茶壷……？」

「頭を下げてでも返して貰《もら》わねえと……お、俺の首が飛ぶ」

「首が⁉ そんなに大事な壺を、〝紅鳥〟に盗まれたってのかい」

「そ、そういうことだ……」

「教えてあげるからさ、もう一杯、さあさあ、ぐいっと」

無理に飲まされた文左は、指でさくらを指しながら、

「――おかしいな……姐さんの顔が、ふたつ、みっつ……よっつ……」

と言うなり、コテンと倒れた。

「兄さん、しっかりおしよ……困ったねえ、兄さん、だらしがないよ」

などと言いながら、文左の懐をまさぐり、素早く自分の袖《そで》に隠し入れると、小上がりから降りながら、

「ちょいと座敷があるから先に帰るね。お代は、この兄さんが後で払うから」

「本当かい?」

「口説いて座敷に連れて行こうとしたのにさ、これじゃあねえ……」

逃げるように店から出て行くのを、主人は訝《いぶか》しげに見送って、

「また、やりやがったな?」

と人差し指を鉤形に曲げて、

「なかなか、癖ってのは直らねえようだな」

「ええ？　おまえさん。気づいたんなら、なんで注意を……」

「百万遍言い訳をするか、白を切ってしめえだ」

「まったくねえ……」

女将は、文左を揺すり起こすが、すっかり眠り込んでいる。

「お客さん。こんな所に寝てちゃ、風邪《かぜ》引きますよ」

「――むにゃ、むにゃ……紅……〝紅鳥〟……は、どこだい？」

寝言を言う文左の背中に、女将は寝冷えしないようにと、羽織をかけてやった。

三

同じその夜――。

越後黒川《くろかわ》藩一万石の江戸留守居役の今川五郎左衛門《いまがわござえもん》と、中間《ちゅうげん》の佐助《さすけ》が、おろおろと慣れない町場を歩き廻っていた。

もう齢《よわい》六十にはなっているであろう痩《や》せた今川と、ずんぐりむっくりの佐助は、傍目《はため》には俄狂言でもやっているかのように、不つり合いなおかしみがあった。

黒川藩といえば、享保《きょうほう》九年（一七二四）に、八代将軍吉宗《よしむね》の治世に作られた新しい藩である。藩祖は、五代将軍綱吉《つなよし》の側用人として知られる柳沢吉保《やなぎさわよしやす》の四男経隆《つねたか》だ。陣屋は黒川の河畔《かはん》に置かれて、四十村を支配したが、藩主は代々、江戸暮らしであり、領地に行ったことはほとんどない。それゆえ、当代藩主の柳沢伊勢守《いせのかみ》も、生まれてからこの方、江戸屋敷暮らしである。

その屋敷から、上様拝領の大事な茶壺を、〝紅鳥〟に盗まれたのだ。

切羽《せっぱ》詰まった顔で頭を抱えて、

「困ったもんじゃ。ああ、どうすればよいのじゃ」

と今川は死にそうな声を洩らしていた。

「御前。そう思い詰めなくても……」

「黙らっしゃいッ。将軍家拝領の茶壺を、賊に盗まれたなんてことが、上様に知れたら、我が藩はお取り潰しになる。なんとしても、探し出さねば……佐助、本当に心当たりはないか」

「落ち着いて下され。きっと何か手立てはあります。あのような高級な茶壺、手元に置いていても、仕方がありますまい。必ず、どこぞの骨董商で売られてるはずです」

「だが、事が事だけに、大っぴらにできぬしな。しかも、数日後に迫った上様の茶会に、持参せよと言われておるのに。ああ！」

絶望の淵《ふち》に突き落とされたような声をあげたとき、二人組の屑屋《くずや》がやってきた。いずれも小汚い端切れのような着物で、惨《みじ》めなほど薄汚れており、大きな駕籠《かご》を背負っている。

「ええ、屑いい、屑う。いらなくなった甕《かめ》、壺、茶碗、板切れ、紙切れ、金屑、なんでも買うよ。ええ、屑いい、屑う……」

少し背の高い方の辰次《たつじ》が言うと、チビの方の三平《さんぺい》が間《あい》の手を打って、

「ういい……」

「壊れた鍋《なべ》、割れた丼、折れた箸《はし》に、潰れた薬缶。なんでもかんでも、買い取るよう」

「ういい……」

「ええ、屑いい、屑う。いらなくなったジジイにババア、人間の屑になったガキども、そんな奴らはいらないよ」

「ういい……」

「おめえ、先から〝ういい〟しか言ってないやないか」

「ういい……二日酔いでな」

雰囲気は似たり寄ったりの二人組に、今川が近づきながら声をかけた。

「屑屋……これ、屑屋。ちと尋ねたいことがある」

「へえ、毎度。なんで、ござんしょ」

辰次が返事をすると、今川は懐から絵図を出して見せながら、

「かような壺だがな……なんとも上質な色合いの茶壺じゃ。何処ぞで見かけなんだか。大きさは、これくらいかな」

「さあ……三平、おまえ、どうだ」

「アッ！」

「知っておるのかッ」

身を乗り出す今川に、三平は首を振って、

「全然。けど、よくあるっちゃあ、よくある茶壺だな」

「紛《まぎ》らわしい声を出すな……しかも、これは将軍家より賜《たまわ》った……」

と言いかけた今川に、佐助は「今川様ッ」と制止した。

「さよう……とにかく、このような壺を見つけたら、外神田《そとかんだ》の越後黒川藩上屋敷まで持参致せ。さすれば、十両、褒美を取らせてつかわす」

「エエッ、十両も⁉ へえ、こりゃ驚いた。この絵は、鯉《こい》ですか？」

「どう見ても龍であろう。〝龍吟の茶壺〟じゃ。頼んだぞ」

今川と佐助が立ち去ると、辰次と三平はケケケと笑った。

「おい、十両だってよ、辰次」

「ぬはは……今日から、その茶壺に狙《ねら》いを定めて探すぞ」

ふたりは笑いを噛《か》み殺して、再び歩きだしながら、

「ええ、茶壺はないかえ。ええ、屑いい、茶壺オ」

「ういい……」

軽快な声で立ち去った。


似たような壺は、三平が言うようによくあるもので、ここ『波奈』にも似たような茶壺はあって、波奈は匙《さじ》で掬《すく》い取っていた。

品の良い志野茶碗に点てて、客に披露していた。白い肌に鉄釉《てつゆう》で描いた柄は、何とも言えぬ墨彩画のような風合いの紋様となっていて、茶の香りすら引き立てているようであった。

「ふああ……実にいいですなあ」

綸太郎は深い溜息《ためいき》をついて、波奈を見やると、静かに微笑み返してきた。

「ありがとうございます。『咲花堂』の若旦那に褒《ほ》められると、こっちの方が嬉しく

なって、心がうきうきします」

他に客はいない。ふたりだけの、ほっと落ち着いた時を楽しむように味わってから、綸太郎は腰を上げた。

「あら、もうお帰りですか」

「なにしろ、先般は〝取替屋〟と思われる一味に、えらい目に遭ったのでね。それこそ、取り返さないと姉貴に叱《しか》られる」

加賀藩別邸の庵《いおり》は焼けてしまったので、『松嶋屋』の主人の好意で、美津ともども離れに住まわせて貰っている。

「あちこちの同業者に出向いて、頭を下げているはずの私が、ここで茶を飲んでいたら、またあの金切り声に祟《たた》られる」

「――ですわね」

と言っていると、店の表から、大きな美津の声がした。

「綸太郎！　綸太郎はいずこ！　また、ここで茶なんぞを飲んでいるのでは、ありますまいね、綸太郎！」

まるで悪戯《いたずら》な子供を捜しているような、苛立《いらだ》ちすら混じっている。いつものことながら、綸太郎は困ったように目を細めて、片手で〝おいとまする〟と断ると、すぐさま裏手から出て行った。元は自分が住んでいた所だから、勝手知ったる店である。

入れ違いに、美津が顔を出して、

「おや……逃がしたのですか？　いましたよね。絶対に、いましたよね。ええ、分かりますとも、ぷんぷん匂いますもの」

「はい。今し方、勝手口から出て行きました。よほど、お姉様のことが怖いのですね」

隠してもバレていると思って、波奈はそう答えた。

「いいですか、波奈さん……決して、綸太郎に手を出さないで下さいね」

「私が……」

「分かってますよ。あなたの魂胆《こんたん》くらい。この店を借りていることからして、そういうことじゃありませんこと」

「そういうこと……？」

「無駄ですよ。『咲花堂』の……上条家の嫁になろうったって、それは土台、無理な話です。綸太郎の嫁は私が決めますから、とにかくちょっかいは出さないで下さいましな」

言いたいだけ言って、美津は踵《きびす》を返して出て行った。そして、入れ替わりに入ってきたのは、職人風の若い男だった。

美津は去り際、横目でチラリと男を見て、それから波奈を振り返って、人を見下したような笑みを浮かべて、

「そこの方くらいが丁度よいのでは?」

と捨て台詞《ぜりふ》を吐《は》いて立ち去った。

波奈はさして気にしていなかったが、職人風の若い男の顔を見るなり、

「伊佐次さんか……あなたに飲ませる茶なんぞ、ありませんよ」

毛嫌いするように鼻に皺《しわ》を寄せた。波奈らしくない、ほとんど人前では見せない顔つきである。若い男は老けて見えるが、まだ十代で、土下座せんばかりに、

「そう言わずに、お願いします。どんなことでも我慢しますから」

「賭《か》け事に女遊び。そんなことばかりしてりゃ、女房のお吉《きち》さんも泣くのでは?」

「毎度ながら、手厳しいなあ。どうか、弟子にしてやって下せえ」

「弟子ってねえ……あなたには、建具師という立派な仕事があるじゃありませんか。茶の道よりも、一人前の職人になることが先でしょうに」

「……そうじゃありやせんよ」

「そうじゃない?」

「あっしがなりてえのは……　〝紅鳥〟の子分ですよ。つまり、あなたの跡を継ぐ気持ちで、修業してえんだ」

声を潜《ひそ》めて言った伊佐次という男に、波奈は驚きの目を向けた。

「惚《とぼ》けっこなしですよ。どうか、お願い致します、師匠。このとおりだ」

波奈は、呆《あき》れかえった顔で、淹《い》れたての茶を飲みながら、

「どうでもいいけれど、帰って下さいな」

「いや。俺アずっと前から、義賊の〝紅鳥〟に憧れてた。だから建具屋になって、武家屋敷に出入りしてる親方についたんだ。そうすりゃ、盗みも覚えられると思ってよ」

「…………」

「武家屋敷ばかり狙おうと思ったのは、波奈さんの真似《まね》だ。だって、かっこいいじゃねえか。ふだん偉そうにしている侍をギャフンと言わせて、盗んだ金は、貧しくて困った人にバラ撒《ま》く」

「そんなことをしても、泥棒は泥棒さね」

「けど、みんな喜んでたじゃねえか。〝紅鳥〟のお陰で、助かる人が大勢いたんだ。みんな密《ひそ》かに拍手喝采を送っていたんだ」

伊佐次はすっかり熱くなって、

「そんな〝紅鳥〟のような盗人に自分もなりてえんだ」

「…………」

「けどよ……俺には、まだまだ技が足らねえ。だから、それを教えて欲しいんだよ」

波奈は素知《そし》らぬ顔をして、茶を飲んでいるだけである。

「ゆうべ実は……さる大名屋敷に忍び込んで、床の間にあった茶壺を盗んだんだ……金を探したんだけど、なくて仕方なく……だけど、やはり、うまくいかなくて、途中で捨て置いて逃げちまった」

「へえ……そんなこと、私に喋《しやべ》っていいんですか。畏《おそ》れながらと出る所へ出ますよ」

「波奈さんが、そんなことするはずがねえ……頼む。腕を磨きたいんだ。自分が金を儲《もう》けるためじゃねえ。博打のためでもねえ。波奈さんみたいに、困っている人、可哀《かわい》想《そう》な人、病気の人たちに渡すためなんだよッ」

「知りませんよ！　いい加減にしないと、本当に人を呼びますよッ」

「…………どうしても、ダメなのかい」

「ダメも何も、お門違いの所へ来てるみたいだね。さあ、帰って下さいな」

波奈は険しい目を向けた。おっとりした性格の高級な茶店の女将には見えないほど

の、気の強さが垣間《かいま》見えた。これ以上、言っても無駄だと感じたのか、伊佐次も居直るように態度をころっと変えて、

「そうかい、そうかい……だったら、もういいよッ。そのうち、あんたのことも、あっしは暴いてやるからよッ」

と言うと、腹立たしげに引き戸を開けて表に出て行った。

短い溜息をついた波奈は、ちらりと裏口の方へ目をやった。

人の気配がする。

おそらく綸太郎が聞いていたのであろうが、波奈は何も気づかないふりをして、茶壺から出した茶葉を蒸し始めた。

四

雨の夜、ビシャビシャとぬかるみを走る黒装束の盗人がいた。

それを追いかけているのであろう、「御用だ」「御用だ」という捕方たちの声も、掲げる御用提灯《ぢょうちん》も消えるほどの強い雨だった。だが、執拗《しつよう》に役人は追いかけ、呼子もあちこちで、けたたましく響いている。

「向こうだ、それ捕らえろ！」

先頭に立って喚《わめ》くのは、南町奉行所の同心・長崎千恵蔵であった。岡っ引の神楽の七五郎も捕方に混じって、体中に雨を受けながら、懸命に追いかけていた。

「捜せ、捜せ！　まだ、その辺りにいるはずだ！」

捕方たちを煽《あお》って叫ぶ長崎に、七五郎は近づくと、

「長崎の旦那。奴は〝紅鳥〟に違いありやせん」

「本当か？　〝紅鳥〟はもう何年も姿を現しておらぬ。どこぞで楽隠居してると噂されてるがな」

「楽隠居？　そんな年じゃありやせんよ。まだ若くて、妖艶《ようえん》ないい女だって話ですぜ」

「バカモノ。見た奴なんぞ、ひとりもいねんだぞ。残された〝紅鳥〟の折り紙から、人が勝手に想像しているだけだ。それに、ほとぼりが冷めた頃に盗みを働く。それが奴の手口だ。盗人なんざ、賭け事にハマる輩《やから》と同じで、そういう癖が身についているんだよ」

「では、さっきのは……」

「逃げ足の姿格好や身のこなしから見て、俺が何年も追いかける〝紅鳥〟とは違う。

ああ、間違いなかろう」

そんなことを言いながら、駆け出そうとすると、路地から数人の侍たちが出てきた。いずれも赤鞘である。

——赤鞘組だ。厄介だな。

という思いが、長崎の脳裏を巡《めぐ》った。番町辺りはすべて武家地である。そこを町方同心や捕方たちがうろついていると、どんな言いがかりをつけられるか分からないと思ったのだ。

だが、赤鞘組……つまり、旗本・酒井主税の家来たちも血相を変えており、

「邪魔だ、どけどけい！」

と興奮気味に声を荒らげている。遠藤、上林、垣添たちである。

「もしや、〝紅鳥〟を追いかけておりますか？」

「町方ふぜいに、とやかく言われる筋合いはない。どけい」

遠藤が偉そうに言うと、長崎は一歩引いたが、

「実は、拙者も捜しておるのですが、まさに〝紅鳥〟の如《ごと》くすばしっこい奴でして、今一歩のところまで追い詰めたのですが……」

「どっちへ逃げた」

「向こうでやす。でも、闇雲に追っても逃がすだけかもしれません」

「うるさい。町方の不浄役人の御家人が、我ら旗本に指図するか」

「いえ、決してそういうわけでは……」

「ええい。どけ、どけい！」

遠藤が命じると、家来たちは一斉に駆け出して行った。

「たしか、寄合旗本筆頭の酒井主税様の御家来……でいらっしゃいますよね」

遠慮がちに長崎が訊くと、

「さよう。わしらを知っておるのか」

と遠藤は不機嫌に言った。

「ええ、それはもう、町人たちの間では、怖くてしょうがない、誰でも脅《おど》して金を巻き上げる、あんなタチの悪い旗本はいないと大評判でして」

「俺たちに喧嘩を売るとは、いい度胸をしておるな」

「まさか。手助けしたいだけです。〝紅鳥〟を追っているなら、同じ獲物でございますから。何か盗まれましたか」

「仮に盗まれても、武門の恥ゆえ、口外はせぬ。自分たちで始末をつけるだけだ」

遠藤が不機嫌に言うと、今度は七五郎が口を挟《はさ》んだ。

「それが、いけませせぬ」

「なに……？」

「〝紅鳥〟が武家屋敷ばかり狙うのは、そうやって武門の恥とやらで隠すからですゆえ……これは相済みませせぬ。〝紅鳥〟と聞いただけで、つい熱くなりまして、申し訳ございませせぬ」

「実に不愉快だ。雨でなければ、斬り捨てたところだ……立ち去れい！」

「ハハッ」

深々と一礼した長崎は、七五郎とともに追いやられるように、その場から立ち去った。路地に駆け込むなり、

「旦那……雨でなければ斬り捨てるのですか？」

「俺もよく意味が分からぬ。面倒臭かっただけであろう」

長崎は振り返りながら、実は別の意図があるような目で睨みつけた。

翌朝——雨はすっかりあがり、真っ青な空が広がっていた。だが、ここ神楽坂と軽子坂の間にある『おけら長屋』には、水たまりがあって、側溝に水はあふれ、地面はぬかるんでいた。

どこにでもある九尺二間の貧乏長屋。木戸口あたりから井戸端まで、洗濯紐が掛けられており、早起きの日菜が襷《たすき》がけで洗濯物をしていた。へっついのある土間と六畳一間の一室では、浅倉が刀を磨いており、提灯や傘張りの途中のものが、ごろごろしている。

浅倉は刀を鞘に戻して、

「すまぬな、日菜……苦労ばかりかける。わしが不甲斐《ふがい》ないばっかりに……ろくに大道芸もできぬ」

「兄上。それは言わない約束でしょ」

「仕官さえ決まれば、おまえも幸せになれる。本当なら、誰かよい御家人にでも、嫁に出してもよい年頃なのだがな」

「私は何処にも嫁ぎません……私はずっと兄上のお世話を致します」

「それでは亡き父上母上にも顔向けができぬ……すまぬ」

と繰り返して謝ったとき、「わあ!」「すげえ!」「なんだこりゃ!」などと大声を上げながら、長屋の住人が飛び出してきた。茶の師匠の公琳《こうりん》、菓子職人の梅松《うめまつ》、その女房のお粂《くめ》、女占い師の渚《なぎさ》、楊枝《ようじ》職人の嘉平《かへい》、大工の勘三《かんぞう》、その女房のお政《まさ》ら数人がぞろぞろ出て来て、何やら騒ぎ始めた。

「如何《いかが》したのかな、朝早くから」

浅倉が訊くと、お粂が飛び上がらんばかりに、

「現れたんだよ、〃紅鳥〃がッ。うちの長屋にも！」

と言うと、他の住人たちも、小判を噛んでみせたり、大切そうに握りしめたりしながら、思い思いに〃紅鳥〃に対して感謝の言葉を口にした。だが、浅倉は軽い衝撃を受け、

「えッ……それはそれは、凄いことだが……日菜、うちには来てないよなあ」

「はい、うちには……」

残念そうに答えると、梅松が大笑いをしながら、

「この『おけら長屋』が類《たぐ》い希《まれ》な貧乏者の集まりだってこと、ようやく〃紅鳥〃大権現様もお気づきになられたんだ」

すると、伊佐次とでっぷり肥《こ》えた女房のお吉も、長屋の奥から出て来て、

「朝っぱらから元気だねえ。いや、現金だねえ」

と小判をチラリと見せて、

「笑う門には福来たる。もっと笑ってりゃ、ポンポン運んで来るかもしれないよ」

「それは強欲ってもんだよ、お吉さん。足るを知らなきゃね」

お粂が笑いながら諭《さと》したが、本心ではみんな、もっと金が欲しいと願っているようであった。無理もない。働けど働けど暮らしは楽にならず、なんだかんだといって、お武家と豪商だけがいい目を見ている。庶民はいつの世も、一握りの偉い人たちのために、奴隷《どれい》のように働いているようなものだった。

しかし、どうしてうちには来ないのだろうと、浅倉が羨《うらや》ましがっていると、伊佐次が当然のように答えた。

「旦那。〝紅鳥〟は、お武家が嫌いだとよ。所詮は、百姓から年貢を吸い上げてるだけだからな。働かざる者食うべからずだ」

「俺のような浪人にも、か」

「だな。まだまだ大道芸人としても修業が足りないんだよ。ま、どうせ浅倉の旦那は、仕官などは到底、無理。剣術はからきしダメだし、学問もいまひとつ、しかも臆病ときてる」

「そこまで言うなよ」

「とにかく、みんな。〝紅鳥〟様々に感謝するんだな」

伊佐次が思い切り胸を反らせると、お吉が、

「なんで、あんたが自慢するんだよ」

と頭を叩いた。

「――え、そりゃ、そうだな……アハハ、ハハハ」

引き攣《つ》った顔になる伊佐次を、訝しげにお吉が見たとき、木戸口を潜《くぐ》って、文左がやってきた。浅倉がすぐに気づいて、

「おう。文左さん。この前は、色々と世話になった」

「あんたも、この長屋だったのかい」

「これは、丁度よいときに来てくれた。どうか、このとおりだ。貴殿の弟子にしてくれぬか。あの啖呵売には惚れ惚れとした」

「そりゃいいけどよ。その前に、さくらって女を知らないか」

「芸者の？　ずっと、あんたと一緒じゃなかったのかい」

「それが、初手から袖にされちまってな」

文左が答えると、お吉が声をかけた。

「さくらの部屋なら、その一番奥まった所だけど……兄さん、一体、何をされたんだい。あいつは辰巳《たつみ》芸者を気取ってるけどさ、置屋じゃなくて、こんな所に住んでるんだから、およそ察しはつくだろう。枕探しでもされたかい」

「そうじゃねえ。話の続きをしたいだけだ」

と話していると、さくらが奥から出てきて、

「なんの騒ぎだい、朝っぱらから……」

そう言いかけたが、文左を見た途端、踵を返した。

「知らないよ。私じゃないよ」

「金のことはどうでもいいんだ。財布の中にあった、大事なものだけ返して貰いたいんだ」

「何の話だい。変な言いがかりをつけないでおくれな」

さくらが言い訳をすると、すぐにお吉が、

「あんた！　またやったね！」

猛然と叱《しか》りつけた。

「たしかに私たちは、貧乏さ。〝紅鳥〟に恵まれて大喜びしてるしがない連中さね。でも、どんな理由があれ、人様のものを盗むなんてことは、絶対にしちゃならねえこった。だよね、おまえさん」

「え、あ、ああ……そりゃ、そうだ……」

ふられた伊佐次は曖昧《あいまい》に返事をして、

「さ、盗んだものがあるなら、この兄さんに返してやんな。今なら、まだ間に合う。

私も一緒に謝ってあげるから」

お吉は諭すように言ったが、さくらは泣きそうな顔になって、

「だから、私は何も……知りません……」

「そうやって泣いて誤魔化《ごまか》すのも、子供の頃からの癖だ。いいかい。貧しくとも清く美しく生きるのが、人間ってもんだ。そうやって、嘘《うそ》をついてるから、また嘘を重ねるんだ。ほら出しな！」

だが、文左は丁寧《ていねい》に謝るように、

「おかみさん。何か勘違いなさってる。俺は、このお姐さんと気があって、散々、飲み食いした挙げ句、財布を預けただけなんだ。盗んだんじゃねえ。ただ、酔っ払ってたから、大事なものが入ってたのを忘れてたのさ」

「大事なものって、なんですか？」

「そいつは、ちょいと……勘弁して下せえ」

文左が首を振ると、突然、「アッ」と浅倉が大声を上げた。

「もしかして、おまえさんが……〝紅鳥〟ではないか？」

「はあ？」

「あれほどの大金を持っていたし、それで、この長屋にもバラ撒いた。そうではない

のか？　いや、きっとそうだ」

「お待ち下せえ。〝紅鳥〟なら、こっちが捜してるんだ」

「いやいや、隠すことはない。初めて見たときから、妙に度胸は据《す》わってるし、腕も立つ。只者ではないと思っていたのだ」

「それを言うなら、旦那もそうじゃありやせんか？　本当はヤットウの方はかなりの腕前でやしょ？　なのに、大道芸人をしてるような御仁ではない。あの旗本奴だって、簡単に蹴散らせたはずだ。能ある鷹《たか》は爪を隠すって奴ですかね」

「それは……買い被りだ……」

浅倉が言うと、日菜は思わず進み出て、

「そのとおりです。兄上は、見かけと違って、優しい人ですから、すぐに人に利用され、身代わりになって、人の罪を被り、御役御免になることも平気でする人なんです。御家騒動になりかかったときも、殿様の過《あやま》ちを自分のせいにまでして……」

「戯《ざ》れ言を言うな、日菜。俺を辱《はずかし》める気か」

「いや、兄思いのいい妹さんじゃありやせんか……」

そのときである。まさに千客万来、南町定廻りの長崎と岡っ引きの七五郎が駆け込んで来た。

「ちょいと尋ねるが、〝紅鳥〟が現れなかったか」

と長崎が訊いた途端、なぜか浅倉は背中を向けた。それに気づいた長崎は、まじまじと浅倉を覗き見て、

「おやおや。おぬしのような御仁が、こんな所に、お住まいか」

皮肉っぽく言った。が、浅倉は素知らぬ顔をしていた。

他の長屋の面々もそっぽを向いて、小判を隠したりしながら、声を揃えて「知らないねえ」と答えた。なんだか妙だ、何か隠していると気づいた長崎と七五郎だった。

「この辺りに逃げ込んだのを、蕎麦《そば》屋が見ていたのだ。もしかしたら、この長屋の中に、まだいるかもしれぬと思ってな。正直に言った方が身のためだぜ」

七五郎が、強引に十手《じって》を突きつけると、梅松が小判を落としてしまった。みんなアッと目を覆《おお》ったが、ほれみろとばかりに、長崎の目が鋭《するど》くなった。

「やはり、〝紅鳥〟が現れたんだな。貰った奴はぜんぶ俺に差し出せ。盗みの証拠の品だ。いいかッ、てめえら！　盗んだ金を貰っても同罪だぞ。分かってんのか！」

七五郎が怒鳴ったとき、さくらが文左を指さして、

「こいつですッ。〝紅鳥〟は！」

と断言した。驚く文左を尻目に、さくらは続けた。

「そうだよね、浅倉の旦那。あんな何十両もの大金、持ってたなんて、おかしいよね！　旦那もさっき、疑ってたじゃないのさ」

浅倉は何も答えないでいると、文左が困惑顔で、

「いや、実は俺も、〝紅鳥〟ってのを捜しているんだ」

と言いつつも、分が悪いと思ったのか、スタコラ逃げ出した。

すぐさま、長崎と七五郎が追いかけようとしたが、長屋の住人たちは、物干しの洗濯物を倒したり、水桶《みずおけ》を転がしたりしながら、さりげなく文左を逃がした。

「邪魔だ！」「どけ、どけい！」と怒鳴る七五郎と長崎に、たまたま来た屑屋の辰次と三平もぶつかって、文左はうまい具合に逃げられたようだった。

辰次と三平は思い切り転んで、集めた屑なども散らかっていた。

「いてて……朝っぱらから何の騒ぎだい」

と辰次が訊くと、

「屑屋さんこそ、こんな早く珍しいじゃないか」

お吉が聞き返した。すると、三平が例の絵図を差し出して、

「こんな茶壺、見なかったかな……あれば、一両で買い取ってやる」

と言うと、伊佐次はその絵図を覗き込んで、「うわあッ！」と大声を上げた。

「なんでえ、びっくりした……知ってるのかい」

「いや、見たことがねえ。こんな茶壷に一両を払うとなると何かあるのか」

「なんでもありやせんよ。なあ、三平」

「ああ。持って行きゃ、十両の褒美をくれるだけだ」

辰次は思わず三平の頭を叩いたが、お吉たち長屋の住人は訝しがった。ただ、伊佐次だけは、バツが悪そうに素知らぬ顔をしていたが、心の中では、

——十両……あれが、十両……！

と呟《つぶや》いていた。

五

町場では、まだ留守居役の今川が佐助を連れて、トボトボと歩いていた。

ゴーン！　と時の鐘の音が聞こえ、犬の遠吠えがしている。なんとも心細そうに海風に吹かれていた。今川は年配でもあるし、疲れのせいか咳《せ》き込んでいるのを、佐助は介護をするように背中を撫《な》でた。

「大丈夫ですか、今川様……茶壷は、必ず見つかりますよ」

「この御家の一大事の折に、殿は奥に入ったまま顔も見せず……溜まりに溜まった職務も果たしておらぬ……やはり、嫁も取らずに、ふらふらしておるから、かような大変な事態に陥《おちい》っても、気持ちが締まらぬのじゃな」

「そう思い詰めずに……」

「此度の一件が、上様に知れたら、私は切腹……いや、私の切腹では済むまい。御家断絶の上、殿も！　ああ、憎い……あの茶壺を盗んだ〝紅鳥〟が憎い！」

絶望感と徒労が重なって、今川はその場にへたり込んだ。すると、手にしていた図面がハラリと飛んで、いつの間にか、家来たちと来ていた酒井が拾い上げ、

「これは、これは……どなたかと思いきや、越後黒川藩の江戸留守居役の今川殿ではござらぬか……」

今川はエッと顔を上げて、

「ああ……旗本の酒井様でございまするか」

「浮かぬ顔で如何なされた」

「いや、それが……あ、いやいや……」

酒井は絵図をひらひらと見せて、

「もしや、これを探しているのですかな？　よほどの事情があるとお見受けする。な

に、武士は相身互い。遠慮なく話して下され。お役に立てることもあろうかと」

「さようですか……恥を忍んで申し上げまするが、〃紅烏〃に、それを盗まれましてな。探しているのです」

「なんですと⁉」

「それは、十万両もの値打ちがある〃龍吟の茶壷〃と申しまして、上様が琉球《りゅうきゅう》使節から渡された、明《みん》国王の贈り物なのです」

「十万両……！」

反《そ》っくり返りそうになる酒井を、家来たちが必死に支えた。

「ご……ご内聞に頼みますぞ。なんとしても、上様との茶会までに、取り戻さねば……どうか、どうか。手助け願いたい」

「そうでしたか……実は、うちにも、〃紅烏〃が忍び込んでましてな……」

「まことですか！」

「ここまで武家をバカにする輩を野放しにするわけには参らぬ。ぜひに手をお貸し致しましょう」

「かたじけのうござる！　かたじけのうござる！」

感涙で立ち上がった今川を、酒井は熱心に励ましたが、心の中では、十万両もする茶壺を横取りしたいと思っていたのであろう。欲の皮が引き攣っていた。

　その日、両国橋西詰の茶店——。

　店先に出てきたお仙は、縁台の下にある茶壺に足をひっかけて、

「あら、まだこんな所に……」

　邪魔だから近くの塵芥《じんかい》捨て場に運んでいたのに、また戻ってきている。中には、食べ残しのものがあり、痰《たん》壺代わりに使われていたようで、臭く汚かった。

「まったく……人の迷惑を顧《かえり》みず、誰がこんな所に捨てるんだよ、もう」

　と裏に捨てに行こうとすると、辰次と三平の屑屋ふたり組が来た。

「姉さん。ちょっと、それを見せてくれねえか」

「こんなもの、誰が置いたんだろうねえ」

　辰次は絵図と比べて、思わず「間違いねえ！」と声を発すると、三平も「十両！」と大声を上げた。とっさに、三平の頭をバシッと叩いた辰次は、

「こりゃ、使い物にならない屑だ。持っていって構わねえか、姉さん」

「いいけど、中は鼻紙や串焼きの串、残飯だらけ。客が痰壺代わりにしてたし、そっちで始末してね」

「えっ……おう、あたぼうよ」

三平が抱えるや、ふたりとも急いで立ち去った。入れ違いに、伊佐次が来て、縁台の下を探し廻りながら、

「たしか、この辺りに置いていったんだがな……」

と呟いていると、お仙が不思議《ふしぎ》そうに見やって、

「店先で何をしてるのですか」

「ちょいと尋ねるが……ここに茶壷はなかったかい？　龍の紋様なんだがな」

「それなら、今、屑屋にくれてやったよ」

「バカ。ありゃ、俺のなんだよ！」

「知らないわよ」

「ど、どっちへ行った」

お仙が屑屋が立ち去った方を指し、伊佐次が立ち去ると、すぐ近くから見ていたさくらが飛び出してきて、

「やはり、何か知ってやがったな。伊佐次め……」

金の匂いには敏感なさくらは、お仙に近づいて、龍吟の茶壷だと確認を取ってから、伊佐次の後を追いかけた。

しばらくすると、いつもの大道芸の準備を整えるために、浅倉がやって来た。だ

が、立てた幟《のぼり》は「蝦蟇の膏」ではなく、「護身術」であった。

「石川や、浜の真砂《まさご》は尽きるとも、世に盗人の種は尽きまじ……その泥棒と同じで、近頃は、助平《すけべえ》、変態、痴漢という輩が増えている。それを撃退する術を教えよう。まずは、私が手本をみせてみたいと思うが、腕に覚えありという御仁は、この木刀で突っかかってきて下され。一瞬のうちに、倒してしんぜよう」

必死で覚えた口上を朗々と吟ずると、またぞろ酒井とその家来たちが、連れだってやって来た。「厄介だな」と口の中で呟いた浅倉だが、遠藤は幟を見つけるなり、

「蝦蟇の膏よりは、ちとマシな口上だな。ええ？」

と声をかけた。浅倉は頷いて、

「やはり、苦手なことはしないに限りますな」

「ほう。武術が得意とでも言うのか」

「少しは……」

「面白い。では、俺が相手をしてやる」

「これは、ありがたい。だが、勝負をするなら、幾らでもよいから金を貰いたい。五文でも十文でも構わない。この木刀で私の体に触れることができたら、倍返しだ」

「なに。では、一両が二両。五両が十両でも増やすというのか」

「そのとおりでござる」

「こいつ、とうとう頭がおかしくなりおったな。後悔させてやる」

遠藤は懐から財布を取り出すと、一両小判を出して投げた。それを受け取った浅倉は、有り難そうに袖に入れると、相手に木刀を渡して身構えた。

「イザ――！」

「怪我をしても、治療代は出さぬぞ」

「もとより。さ、何処からでも、かかってこられよ」

挑発するように浅倉が木刀の先を突き出すと、遠藤はいきなり上段から打ち下ろした。だが、浅倉は軽くかわして背中を押しやり、そのまま遠藤の背中に一撃打った。

「――では、この一両はいただくぞ」

「アタタ……ふざけるなッ。たまたまであろう」

ムキになって振り返った遠藤に、浅倉は手を差し出して、

「ならば、あと一両。やりますか」

「いや。十両だ！」

財布ごと投げつけて、

「少しでも触れたら、二十両だ。よいな！」

と遠藤は大声を張り上げた。浅倉は丁寧に財布をしまうと、

「どこからでも」

今度は少し用心しながら身構える遠藤は、裂帛《れっぱく》の叫びで突きかかった。が、やはり軽く避けられ大転倒し、その頭上に寸止めで、浅倉の木刀の先がピタリと止まった。

「――き、貴様！　何か妖術でも使いおったな！」

今度は、酒井が進み出て本身を抜刀し、

「浪人の分際で偉そうに。真剣ならば、避けられるか！」

と喚《わめ》いたところへ、長崎と七五郎が猛然と駆けつけて来た。

「酒井様。よした方がよろしいですよ。ええ、酒井様のことを思うてのことです。その浅倉の旦那は、さる大藩の剣術指南役だった男で、上役をぶった斬って逃げてる者です。しかも、追っ手十人もすべて返り討ちにした。怪我では済みませぬぞ」

「な、なぬ……」

ためらった酒井に、七五郎は続けて、

「それより、〝紅鳥〟を捜す方が大事なのではありませんか」

酒井は思いとどまったのか、

「そ、そうだな……今日のところは勘弁してやろう。それより、者共、例の茶壺を一

刻も早く探し出せい」

　と家来に命じると、七五郎は首を傾げた。

「茶壺？」

「あ、いや。なんでもない……」

「もしかして、御前が探しているのは……かような茶壺ではありませぬか。越後黒川藩から、〝紅鳥〟が盗み出したという」

「チッ。あの江戸留守居役め、誰にでも喋るのだな……」

「とにかく、武家にとって〝紅鳥〟は大敵。ここは手を携《たずさ》えて！」

　長崎と七五郎がそう言うと、酒井は家来たちに、

「よいか。誰よりも先に、茶壺を探し出すのだ。龍の文様の茶壺じゃ。なにしろ、十万両もする値打ちだからな」

　と思わず言った。すると、近くで聞いていた浅倉とお仙も驚いた。

「十万両!?　あ……あの茶壺が、じゅ、十万両もするのですか!?」

　お仙は悲鳴のような声をあげた。

「女……知っておるのか」

　酒井が問い詰めると、お仙はぶるぶると顔を振りながら、

「あ、あの屑屋が持ってったやつが……ありえない……」

「屑屋? そいつは、何処の誰だ!」

お仙は怖くなって、屑屋が立ち去った方を指すのだった。一目散に駆け出す家来たちを、浅倉も呆然《ぼうぜん》と見ていた。その浅倉に、酒井が顔をつきつけ、

「十万両が手に入ったら、日菜には一万両出してやろう。それで文句はあるまい。妹思いのお兄様」

と吐き捨てて堂々と立ち去った。

「――茶壺……〝紅鳥〟……たしか、文左も〝紅鳥〟を捜してたな……あのやろう。人の良さそうな顔をしてたくせに、もしかして横取りする気だなッ」

浅倉にも少しばかり、欲惚《ぼ》けた表情が浮かんだ。

「十万両が手に入れば、仕官などしなくてもよい……日菜にも苦労させずに済む……そうだ。俺が先に手に入れればいいのだ」

と浅倉も、酒井たちの後を追うように駆け出すのだった。

六

その夜、神楽坂の路地奥にある『咲花堂』に、こっそりと訪ねてきた屑屋のふたり組がいた。例の茶壺を大事そうに携えてきて、綸太郎に差し出した。

「ねえ、旦那……これが十両だなんて、おかしくありませんか？」

辰次が訊くのを、三平は隣で殊勝な顔をして聞いていた。決して、余計なことは喋らないという顔つきである。

「うむ。実におかしいな」

と綸太郎は真剣なまなざしで答えた。

「これは、青磁鉄釉染付の典型で、実に立派な茶壺ですな」

「へえ、そんなに凄いものなんですか……」

やはり、百両や二百両はするのであろうと、辰次は思った。

綸太郎は茶壺をしみじみと眺めながら、

「昔は、灰釉や鉄釉を素地にかける手法がふつうだったのですがね、複数の色合いを出しているから、まさしく朝鮮唐津でしょうな。慶長《けいちょう》年間によく作られたものですから、せいぜいが二両か三両で、十両ってのは高すぎますな」

「――そうなんですか……」

残念そうに言った辰次に、綸太郎は首を傾げて問いかけた。

「おかしいと思ったのは、それでも、これだけの高価なものを、なぜ屑屋のおまえさんたちが持ってるんです？」

「え、あ……それは……」

「まだ断定はできませんがね。同業者から小耳に挟んだところでは、これと同じようなものが、さる大名屋敷から盗まれたとか」

「ギョッ――」

「おや、何か知っているのですね」

「あ、いや……たまたま両国橋の茶店の人に貰ったので……小汚く使われてたのですが、洗ってみたら、いいものかなあって……だから、目利きでは評判の『咲花堂』さんに訊いてみたらいいかなあって」

「それは名誉なことだが、十両ってのは、どうして、そう思ったのです？」

綸太郎が訊くと、三平が思わず、越後黒川藩の江戸留守居役から渡された絵図を見せてしまった。そして、持って行くと十両くれるという話もした。

「このうすらバカッ……」

と言いかけた辰次だが、この際、正直に話しておこうと、すべて綸太郎に伝えた。

「なるほど……分かりました。これは、おそらく、〝紅鳥〟が盗んだものでしょう」

「えっ……だったら、そんなものを持ってたら、俺たちが盗人だと疑われる」

「なんなら、私が返しておきましょうか？　知らぬ人から、密かに持ち込まれたものだということで」

「そ、そうですか……」

辰次はそれでも持参すれば十両くれるという約束があるので、やはり欲が出たのか、

「いいです。俺たちが自分で届けに行きます。なに、本当にそんな値打ちがあるのかどうか、訊きたかっただけです。だって、二束三文のものを、十両じゃ申し訳ないし……きっと、それだけ金を出すってのは、よほど大切なものだからでしょうね。へえ、ごめんなすって」

そそくさと出て行った。三平も追いかけたが、綸太郎はただ溜息で見送っただけだった。だが、そこで留めておけば、次なる厄介事が起きなくて済んだはずだが、このときは綸太郎には知る由もなかった。

その翌日のことである。越後黒川藩に届け出ようとした辰次と三平の前に、伊佐次が突然、現れて、

「その茶壺、返して貰おうか」

と迫った。一瞬、どういうことかと辰次は思ったが、

「あっ。てめえ、これが十両になると思って、横取りする気だな」

「それは、俺があの茶店の縁台の下に置いてたたんだよ」

「出鱈目《でたらめ》を言うな。痰壺代わりにされて汚えのを引き取ったまでだ」

「いいから、寄越せ！」

強引に奪い取ろうとしたとき、なぜか、さくらも、「あっ！　見つけた！」と駆けつけてきて、三つ巴《どもえ》で茶壺を奪い合った。すったもんだするうちに、さらに、長崎と七五郎が十手を突きつけながら駆けつけ、無理矢理、取り上げようとした。

「それは、〝紅鳥〟が盗んだものに違いあるまい。盗みの証拠の品として預かっておく。さあ、こっちへ持って来いッ」

「バカ言うねえ。こりゃ、俺たちが貰ったンだ。誰が渡すもんか」

辰次と三平は連携して、まるで鞠《まり》のように茶壺を放り投げては受け取った。それを何度も繰り返して、逃げる。飛び交う茶壺の下で、七五郎と長崎はおろおろしながら、

「バ、バカやろう！　なんてことするんだ！　その茶壺は、十万両もするんだぞ！」

エッ！　と驚いて、落としそうになった茶壷を、必死に飛びかかった伊佐次が、間一髪で抱き止めた。

「――こ、これ……そんな値打ちがあったのか……知らなかった……そんな凄い物なら、あんな床の間になんかに置いとくなってんだよな。もっと大事に蔵にでもしまっとけってんだ……」

そうぼやくと、七五郎は訝しんでジロリと見やって、

「まさか、おまえが……〝紅鳥〟か!?」

アッ、これはまずいとばかりに、茶壷を辰次に投げて逃げ出した伊佐次を、長崎と七五郎は追いかけた。その隙に、越後黒川藩邸に行こうとしたが、今度は、行く手に酒井の家来たちが、ズラリと現れた。

「屑屋……おまえが、黒川藩邸に届けに来ることは、承知しておった」

遠藤がそう言うと、他の者たちが、ズラリと取り囲んだ。

「ほれ、十両、くれてやる」

と小判を差し出した、遠藤は茶壷を渡せと迫った。だが、辰次は茶壷を抱きかかえたまま、直《じか》に今川様に返すと言い張った。

「旗本の俺様が預かって、今川様に返してやろうと言うておるのだ。それとも、泥棒

扱いされたいか。のう屑屋、十両を渡すのだから同じことであろう」

「……へ、へえ」

家来たちが抜刀して脅すと、辰次は渋々、茶壺を上林に渡した。そして、手を差し出すが、遠藤はサッと十両を引っ込め、

「とっとと、失せろ！」

「そ、そんな殺生《せっしょう》な……」

「カアッ！」

遠藤が威嚇《いかく》すると、辰次と三平はワッと頭を抱えて逃げ出した。

「だから、欲を出さずに、さっさと届けておけばよかったんだ。辰次が余計な鑑定なんかするからだ」

「うるせえ。おまえがとろいからだよ」

「なんだよ！」

辰次と三平は喧嘩をしながら姿を消した。

「――ふん」

鼻で笑った遠藤は、茶壺を酒井の屋敷に持ち帰るのであった。

酒井は腹の底から嬉《うれ》しそうに、よくやったと家来を褒め称《たた》えた。

十万両の値打ちがあるものならば、すぐにでも金に換えたいところだが、鑑定目利きに持ち込めば、怪しく思われるに違いない。〃紅烏〃と組んで悪さをしたと誤解されれば、御家も危うくなる。

だが、越後黒川藩が躍起《やっき》になって探しているのだから、そこに付け込まぬ手はない。酒井は、さらに欲に目が眩《くら》み、色々と考えを巡らせた。

その夜――。

兄を捜している日菜が、両国橋界隈《かいわい》をひとりで歩いていた。日菜が心配をしていたのは、まっとうに働くのをやめて、無頼の仲間に入ることだった。

――兄上に限って、そんなことはないと思うけれど、お金で苦労をしたから、剣術に物を言わせるつもりかもしれない。

と案じていたのである。

その前に、酒井の家来たちが現れて、嫌らしい目つきで迫ってきた。驚いて避けようとするが、路地に引き込まれ、通せんぼをする家来たちの〃かぶいた〃姿に、日菜は立ち止まるしかなかった。

「日菜殿。長屋におらぬゆえ、ずっと捜しておりましたぞ。御前がお待ちじゃ。さあさあ、参られよ」

と遠藤が言うと、家来たちが、

「知らぬが花の待ち伏せに」「月もおぼろに見え隠れ」「今宵《こよい》こそはとかりそめの」「恋の仇討《あだう》ちしてくれよう」など歌舞伎のようにふざけながら、嫌がる日菜の口を塞《ふさ》ぎ、ヨイショと担ぐなり、連れ去ったのだった。

それを見ていた茶店のお仙は、

「あれは、たしか大道芸の浅倉さんの……こりゃ、えらいことだッ」

と近くの自身番に駆け込んだ。

七

その夜、暖簾《のれん》を仕舞ったばかりの『波奈』に、南町の長崎がぶらりと入ってきた。

「これは旦那、もう店は……」

「分かってる。今日も色々と探索があって、喉《のど》がカラカラなんだ。一杯頼まあ」

「居酒屋の方がよろしいのでは?」

「女将の顔を見ると、落ち着くんだよ。そう毛嫌いせずに、最期の一杯くらい飲ませてくれないかなあ」

「もう釜の火も落としてますし……」

と言いかけて、日菜は最期の一杯という言葉が気になって、聞き返した。

「――ああ、最期の一杯になるかもしれねえ。とんだことになっちまってな」

「とんだこと……」

「今から、神楽坂上にある、旗本の酒井様の別邸に討ち入りだ」

「赤鞘組の……まあ、それはまた物騒なことですこと」

「冗談じゃねえんだ」

「と申しますと？」

波奈は仕方がないという顔で、ぬるめでよければと茶を淹《い》れながら訊いた。

「随分と、お疲れのようですねえ」

「また逃がしちまった。すばしっこい奴だ、まったく」

「え……？」

「〝紅鳥〟だよ」

「まだ、うろついてるんですか」

「この店の裏手の小さな稲荷《いなり》神社が、〝紅鳥〟の隠れ家だったと睨んでたんだが、近頃は河岸《かし》を変えやがったかな」

「裏の神社が……なんだか、やですしょう」

「とかなんとかいって、ここに潜んでたりしてな」

「ええ？　〝紅鳥〟がですか？　だったら、おこぼれを貰いたいもんです。近頃は不景気で、店もごらんのとおり」

波奈が微笑を浮かべると、長崎は探るような目で、

「以前の〝紅鳥〟は、盗み方も逃げ方も、粋で洗練されてたと思うが……近頃の〝紅鳥〟はどうも生半可だ」

「今と昔じゃ違うんですか、旦那」

「俺にとっちゃ憎っくき仇だが、消えちまえば、これもまた寂しい」

「厄介ですね……まるで惚れた女みたいに」

「ああ、惚れてるねえ……だが、一度も顔を見せてはくれぬ。一度でいいから、拝んでみたいもんだ」

じっと波奈の顔を見つめながら、長崎は差し出された茶を飲むと、

「──さて、そろそろ覚悟を決めないとな」

と気合いを入れて立ち上がったとき、ガラッと戸が開いて、七五郎が慌てふためいて駆け込んできた。

「長崎の旦那、急いで下せえ！　酒井様の別邸に、浅倉様も乗り込みやしたぜ！」

「落ち着け、七五郎……おまえは、ふだんは大人しいくせに、イザとなれば、いつもそういうふうに……」

「あの茶壺を酒井様に奪われた上に、日菜さんまで手籠めにされかかってんだ。あっしは岡っ引として、これ以上、待っていられやせん。ごめんなすってッ」

言いたいことだけを言って、七五郎は飛び出して行った。

「なんだ……あいつ、あんな正義漢だったっけかなあ……」

刀を腰に差して、十手をグイと帯に挟むと、長崎はペッと唾《つば》を吹きかけて、後を追うように出て行った。

見送って戸を閉めた、波奈の表情がなぜかふっと曇《くも》った。

「――まったく、厄介だねえ……」

と溜息をつくと、奥から、ひょっこりと文左が顔を出した。

「姐さん……あっしが、ちょっくら様子を見てきますよ」

「そうかい。でも、面倒を起こすんじゃないよ」

「なに、元はといえば、あの伊佐次が越後黒川藩から茶壺を盗んだのが、いけねえんだ。ちょいとばかりお灸《きゅう》を据えてやらねえと」

文左は波奈にニコリと笑いかけると、いかにも身軽そうに裏手に消えた。

神楽坂上にある酒井の別邸内の廊下では、浅倉が、酒井の家来を蹴散らしながら、猛然と刀を振り廻していた。鉢巻きに襷《たすき》がけの浅倉は、ザンバラ髪になって、着物は切れて血で染まっている。

大道芸で見せた豪剣ではあるが、やはり多勢に無勢、自らも怪我をして血飛沫《ちしぶき》をあげながら、激闘していた。

何処かから激しい太鼓《たいこ》の音が鳴り続いている。これは屋敷内に賊が入り込んできたことを報《しら》せるための太鼓である。当家の屋敷だけではなく、近在の武家屋敷に報せて、加勢を頼む合図でもあった。

浅倉は決死の顔で、酒井の家来たちと刃を激しく交わしながら、

「日菜！　どこだ、どこにいる。日菜！」

四方から次々と斬りかかってくる酒井の家来たちを、浅倉は必死の形相《ぎょうそう》で叩きのめしながら、妹の名を叫んでいた。

「何処だ、日菜！　返事をしろ、日菜！」

打ち合う刃から火花が飛び散って、太鼓の音と相まって、声も大きくなってくる。

斬り結びながら乗り込んでくる浅倉の前に、悠然と酒井が立った。

ギラリと目を剝《む》いて、浅倉は怒鳴った。

「酒井様！　あなたは、ここまで性根が腐《くさ》っておりましたか！」

「これはこれは、乗り込んできた命知らずの賊とは、大道芸人様か」

「日菜を返せ。でないと……斬る！」

「この不埒《ふらち》者めが。何様のつもりだ。別邸とはいえ、武家屋敷であるぞ。構わぬ。成敗してしまえッ」

余裕の顔で、配下たちに命じたとき――。

ガラガラと鳴子が響いた音が聞こえた。一瞬、動きが止まって中庭を見た一同の目には、日菜を連れた文左の姿があった。

「すみません、私の足が……！」

謝る日菜の手を引いて、文左はすぐさま塀の方へ逃げたが、その前に、遠藤や上林たちも廻り込んで立ちはだかった。

「ここで会ったが百年目」「しがねえ盗人稼業だが」「夢からうつつかまぼろしか」「罠《わな》に掛かった〝紅鳥〟」「アッ、この世の名残《なご》りに……」

と見得を切っている家来たちに、酒井は打ち震えながら怒鳴った。

「おまえら、それは、いいから……さっさと捕らえろ」

家来たちは一斉に躍《おど》りかかるが、文左は日菜を庇《かば》いながら、身軽にかわして、二、三人を柔術で倒した。一方、浅倉も懸命に闘うが、多勢に無勢、たちまち、家来たちに取り囲まれた。

「ま、待て……」

観念したように刀を放り投げて、声をかけたのは浅倉だった。

「俺のことは、煮るなと焼くなと好きにしていい。だが、妹は帰してやってくれ」

「兄上！　私のことなど構わないで下さい。その人に辱めを受けるくらいなら、舌を噛んで死にます」

日菜が悲痛な声で訴えると、酒井は眉間に皺を寄せて、

「麗《うるわ》しき兄妹愛よのう。しかし、そこまで、わしが嫌いなのかよ……ならば遠慮なく、おまえから！」

と抜刀し、斬りかかろうとする。

そのとき——。

シュッと小柄が飛来して、酒井の腕に突き立った。

「うっ……何奴じゃ……！」

　酒井が辺りを見廻すと、なぜか太鼓が鳴りやみ、重い雰囲気に変わって、中庭に、ガッチリとした黒頭巾の侍が現れた。やはり黒い着物の着流しだが、腰には両刀を差している。

「何奴じゃ。ここを何処と心得ておるッ」

「さしずめ、悪さばかりをする鬼ヶ島というところか」

「無礼者！　名を名乗れ！」

「怪傑《かいけつ》黒頭巾。いや、鞍馬天狗《くらまてんぐ》……なわけないだろう」

「うぬ……舐めおってからに！」

「やることなすこと、汚すぎて舐めることなどできぬ。だが、貴様らの悪事、見逃すわけにはいかぬゆえ、鬼退治に参った」

　パッと頭巾を取り払うと――なんと、長崎であった。

　酒井は目を擦《こす》って凝視して、

「――おまえは……まさか、南町の……!?　うぬぬッ。不浄役人めが、なにをトチ狂ったことをしておる！」

　と怒鳴りつけた。

「ええい、斬れ、斬れ！　斬って捨てい！」

再び叫んだ酒井に従って、家来たちが一斉に斬りかかる。長崎は二刀流の構えで威圧し、迫り来る敵をバッタバッタと華麗で迫力ある剣捌きで倒しながら、

「ひとつ……人の世、生き血をすすり……ふたつ……不埒なる悪行三昧《ざんまい》……みっつ……みっちゃん道々……退治してくれよう金太郎」

と叩き斬った。いや、峰打ちだから、家来たちは、あちこちを当て身されて呻いて苦しんでいるだけだ。

そこへ、中間姿の七五郎が乗り込んできて、

「静まれ、静まれ！　ええ、控えぬか！　ここにおわすをどなたと心得る。恐れ多くも、上様のハトコにあたられる松平少将輔乗《すけのり》様にあらせられるぞ！」

遠藤は凝然となったが、

「――上様のハトコ……ちと微妙だな」

と呟いた。

浅倉と日菜が驚いて控えると、文左たちも控えた。

「というわけだ。まだ、やるか」

長崎が切っ先をズイと向けて、黒い着物の家紋を見せつけると――そこには、たしかに、三つ葉葵が凜然《りんぜん》と輝いていた。

酒井は愕然《がくぜん》と打ち震えて、

「かくなる上は……」

と切腹をしようとするが、長崎は朗々とした声で、

「待て。切腹などしても誰も幸せにはならぬ。おまえたち旗本がやらねばならぬことは、上様に忠義を尽くすことだ。上様へ忠義を尽くすとは、誠心誠意、民百姓のために汗水を流すことに他ならぬ。違うかッ」

「ま、松平少将様……」

「そのために、その命、大事に使うがよい」

しっかりと相手を見つめて言い含める長崎の瞳は、ふだんの人を睨《ね》めるような目つきとは違って、凜と輝いていた。

「——思いがけぬ温かなお言葉……畏れ入りましてございます」

「うむ。殊勝じゃ。まずは、人々から巻き上げた金を返すことだ」

「ハハア、必ず！」

ひれ伏した酒井とその家来たちを尻目に、

「日菜と、横取りした越後黒川藩の茶壺は貰い受けていくぞ」

と長崎は言って、堂々と立ち去るのだった。

八

赤城神社の小さな池には、枯《か》れた葦《あし》が広がっており、その間を、夫婦鴨《めおとがも》がゆらゆらと身を隠すように泳いでいた。

同じように、人目を忍ぶように、両肩を落としてトボトボ伊佐次とお吉が歩いてきた。足下の小石を蹴《け》って、伊佐次は小さな声で言った。

「……やはり、おいら、建具職人として、まっとうに働こうと思う」

「その修業の方が厳しいわよ。大丈夫かしらね」

「なんだって我慢する。お上に疑われて追われるのは、もう懲《こ》り懲《ご》りだ」

「博打も女もだよ」

「女は……ほっといても女の方から近づいてくるからよ」

「また、そんなことを。まったく性懲りもなく!」

軽く叩こうとするのを、伊佐次はかわして逃げた。それを、追いかけながら笑うお吉が、あっと一方を指さした。

日菜がポツンとひとり佇《たたず》んでいるのが見えた。その後ろから、浅倉がついて来ているのだが、なんだか暗い顔をしている。思わず、お吉が駆け寄ろうとすると、伊佐次は「そっとしておけよ」と首を振った。

浅倉は傍目に見るのも辛《つら》い様子だが、思い切ったように、

「すまぬな、日菜……またぞろ、つまらぬ刃傷沙汰《にんじょうざた》を起こしてしまった。しかも相手は、かぶいた奴らとはいえ、三千石の旗本だ。お咎《とが》めは免《まぬか》れまい」

「でも、兄上……松平少将様が助けてくれたのですから……」

「あれは、南町同心の長崎千恵蔵だ。上様のハトコであるわけがあるまい」

「ええ？」

驚く日菜に、浅倉は呆《あき》れたような顔で、

「奴はしょっちゅう、ああして変装しては、悪い奴を懲らしめてるらしいが、バレたらえらいことになる」

と言った。

「そんなことを、兄上はどうして……」

知っているのかと日菜が尋ねると、浅倉は苦笑いで答えた。

「長崎とは同じ道場で稽古《けいこ》をした仲間だったんだ。もっとも、お互いウマが合わないから、稽古では本気でぶつかり合ってたがな」

「そうだったの……」

「いずれにせよ、これでまた、俺も大道芸をする決意がついた。あんな旗本奴に取り入ろうとした自分が情けない」

「大丈夫ですよ、私は。兄上なら、必ず立派な主君に認められます」

「ならいいが……すまぬな、苦労ばかりかける……俺が不甲斐ないばっかりに」

「それは言わない約束でしょ」

日菜はニコリと笑うと、浅倉も苦笑いで、

「おまえには、きちんとした相手に嫁に出してやるゆえ、今しばらく待っててくれ」

「はい。あまりあてにしないで待ってます」

そこへ、今川五郎左衛門が険しい顔でやって来た。浅倉の姿を見つけるなり、

「浅倉官兵衛でござるな。長屋の者に訊いたら、ここだろうと教えられてな」

と言って、身分を名乗った。

「この度は、まことにご苦労であった。なに、南町の長崎殿から聞いたのだが、旗本奴を相手に八面六臂《はちめんろっぴ》の大活躍だったとか。貴殿のお陰で、無事、龍吟の壺は戻った」

「え、いや、あれは……」

「とにかく、礼を申し述べたいとのことゆえ、一緒に参られよ」

「礼などと……あれは、長崎殿が頑張ったからこそで、俺は何も……」

「いやいや。長崎殿から聞きましたぞ。あなたとは同じ道場で、竜虎と呼ばれた腕前らしいではないか」

「それほどでは……」

「長崎殿は惜しい腕だと褒めておった。殿からの礼というのは他でもない。我が藩で、その腕を振るってくれぬか。殿の側役として、仕官して貰いたい」

「え……ええ⁉」

喜びと驚きが入り混じった表情になった浅倉は、何と答えてよいか分からなかった。が、横の日菜の顔を見ると、嬉しそうである。素直に受ければよいのではと言いたげだ。

「思いがけぬことに、戸惑っておりますが……本当に私でよろしいので？」

「おぬしが上役を斬って逃げたというのも、ただの誹謗中傷《ひぼうちゅうしょう》で、実は人の罪を被っただけだと、長崎殿は話しておったぞ」

今川がそう言うと、日菜はニコリと微笑んで、

「兄上……ウマが合わないことと、人を見る目は違うのですね」

「さあさあ。妹さんも、おいでなされ」

微笑みかけた今川は、ふたりを急かすように越後黒川藩の屋敷へ誘《いざな》うのであった。

その頃、綸太郎は『波奈』に立ち寄って、茶を飲んでいた。甘い物を少し摘《つま》んだ後の渋めの茶は、心を落ち着かせてくれる。

「そうですか……その龍吟の茶壺というのは、十万両もしないのですか」

波奈がガッカリしたように言った。

「私が見たのが、本当に黒川藩のものであるならばな」

「では、残念ですねえ」

「え……？」

「お殿様は、それを不作に苦しむ領民たちのために使うと話していたそうな」

「ほう。それは随分と殊勝な考えやなあ」

「でも、茶碗や茶壺なんてものは、値があってなきがごとしですよね。上様から戴《いただ》いたというだけで、江戸留守居役のお方は、慌てふためいていたんですから。無くしたら切腹だなんて、とんでもありませんねえ」

「本当に……それにしても、〝紅鳥〟は、どうして、そんな壺を盗んだのかねえ。またぞろ、本物と贋作を取り替えたんだろうか」

綸太郎が波奈に言うと、小首を傾《かし》げて、

「なぜ私に訊くんです?」

と見つめた。

「なにね……本物の〝紅烏〟なら、数両の値打ちしかないものを盗むなんてバカなことをしないと思って」

長崎が波奈のことを〝紅烏〟であると見抜いているように、綸太郎もそう確信している。波奈は自ら〝取替屋〟に利用されたことも告白していることだし、〝紅烏〟であろうと、綸太郎も思っていた。

何とも煮え切らないような空気が広がったとき、ガラリと戸が開いて、美津が入ってきた。そして、すぐさま、

「また、ここですか。人に店番させて、綸太郎、あんたは油を売ってたんですか」

「油は売ってません。茶を飲んでたんです」

「まったく、この子は……! ええですか。今、『神楽坂咲花堂』は色々と金がかかるときなんです。この前は酷《ひど》い目に遭いましたしね。あなた、真剣に商売をする気があるんですか。ちゃらちゃら遊んでばかりで、どうするんですか。次の当主ですよ」

「はいはい。すぐに戻りますから、余所《よそ》に来てまで、ガミガミ言わないで下さい。恥

ずかしゅうてしょうがない」

「何を言いますのん。私は、あなたのためを思うてですねえ……」

と語気を強めたとき、裏手から入ってきた文左が、美津を見て目を丸くした。

「あっ。これは、これは、あのときの！」

「あのときの……？」

美津が不思議そうに見やると、文左が少しばかり、ガマの膏売りのさわりを言った。すると、自分が旗本奴を追っ払ったことを思い出したようで、

「ああ。あのときのあんちゃん」

「名乗るほどの者ではありまへん……と颯爽と立ち去りましたが、そうですか……『咲花堂』の女将さんですか」

「女将じゃありません。この弟、上条綸太郎の姉です」

「そうでしたか……へえ、こりゃ、ええ。なにとぞ、今後ともよしなに」

謙《へりくだ》ったように笑って、ずるっと舌舐めずりをした。

「文左さんといって、うちの小間使いです」

「——小間使い？　嘘でしょ。間夫《まぶ》じゃないんどすか」

「いえ。文左さん、無類の熟女好きで、きっと美津さんのこと気に入ったんだと思い

ますよ。可愛がってやって下さいましね」

波奈が少しばかり、からかうように言うと、文左は目を燦《きら》めかせて、近づこうとした。すると、美津はブルッと全身を震わせて、踵を返して飛び出して行った。

「おや……嫌われたみたいですねえ、文左さん」

また、からかうように波奈が微笑むと、茶碗を置いた綸太郎は苦笑して、

「たしかに男嫌いなんです。あれでも三度も嫁に行って、三度とも離縁されてきた出戻りですから、男嫌いってのもどうかと思いますがね、すぐに男を目の敵《かたき》にする癖があります。なんと言っていいか……男に迫られると発疹《ほっしん》が出るんです」

「あら。それは困りますわねえ、オホホ」

おかしそうに口を押さえて笑った波奈を、綸太郎は不思議そうに見ていた。そして、文左との関わりも、ただの雇い主と使用人ではあるまい。何か曰《いわ》くありげだと、綸太郎は心の片隅で思っていた。

「お姉様がいなくなったことだし、もう一服、如何ですか、綸太郎さん」

茶を勧める波奈の人を惑《まど》わすような笑みを、綸太郎はじっと見つめ返していた。

第四話　光悦《こうえつ》の書

一

その掛け軸が、浪人によって持ち込まれたとき、綸太郎は折良く、本阿弥光悦が残した和歌巻を開いて鑑賞しているところであった。江戸の加賀前田家から預かったものを、改めて鑑定した後に表装し直そうというのが目的であった。

加賀藩別邸の庵《いおり》は火事で燃えてしまったが、そこに住んだ縁《えん》もあって、当主から依頼されたのがキッカケで、『松嶋屋』の離れを借りて仕事をしていたのだ。

本阿弥光悦といえば、加賀藩とは縁が深い。特に二代目藩主の利長《としなが》と三代目の利常《としつね》とその家臣たちとは、単に刀剣のことだけではなく、茶事や作陶や謡《うたい》などを通じて、長年にわたる交流があったのである。

——もしかしたら、庵を使わせて貰《もろ》うたのも、先祖の縁《えにし》によるものかもしれんなあ……。

と感じ入っていた。もちろん、以前、江戸にいた頃も、加賀屋敷を訪ねたことはあるが、刀剣目利きという仕事の上でのことだった。家臣の方々には世話になったが、今般は珍しい和歌巻ゆえ、綸太郎も緊張をしていた。

それゆえ、浪人が差し出した掛け軸は、四尺四方程の立派なものではあるが、いかにも保存が悪く、少しでも扱い方を誤ると、ぼろぼろと崩《くず》れてしまいそうであった。日焼けはしていないが、黴《かび》が広がったり、紙が破れたりしている所があるので、おそらく巻いたまま湿気のある所に置かれてあったのであろう。

しかも、持ち込んできた浪人は、継ぎ接《は》ぎだらけの着物と袴《はかま》で、強い体臭さえ漂《ただよ》わせている。六尺近くある大柄な体軀《たいく》で、総髪《むしり》の胡散《うさん》臭い匂いをプンプン放っている。しかし、物事に頓着《とんちゃく》しないような、どこか鷹揚《おうよう》な感じで、

「どうだ。かなりの値打ちものだろう」

と決めつけるように言った。

「俺の見立てでは、本阿弥光悦の書に間違いないと思うておる。如何《いかが》」

相当、書画骨董《こっとう》が好きなのか、風体が小汚いくせに、浪人は目を爛々《らんらん》と輝かせている。どうせ、一攫千金《いっかくせんきん》を狙《ねら》って、どこぞで拾ったものを持ってきたのであろうが、欲に絡《から》んだ骨董は十中八九、駄作か贋作《がんさく》だ。

しかし、綸太郎の鑑定眼は、一瞬にして、

——本物だ。

と分かった。掛け軸には、『南無《なむ》妙法蓮華経《みょうほうれんげきょう》』と数行書いており、最後に『即身《そくしん》

成仏《じょうぶつ》』と記して、太虚庵《たいきょあん》という署名と花押《かおう》もある。太虚庵とは、光悦が使っていた雅号《がごう》だ。

論太郎は、今の今、同じ光悦の手による書を眺《なが》めていたばかりであるから、間違えようもない。しかも、子供の頃から、何百回何千回と目にしてきた豪気で繊細《せんさい》な筆致である。もし贋物《にせもの》ならば、それでも褒《ほ》めてやりたいほどの出来映えだった。

「これは……たしかに、光悦の書に間違いありませんやろ」

論太郎の言葉を受けて、浪人はさもありなんと自信に満ちた顔になって、

「で、幾らになる」

すぐに、そう来たか——と論太郎はむかっ腹が立ったが、出所を確かめない限りには、売り買いはできぬと、冷静に返した。

「なに。出所とな……うむ……」

浪人は溜息《ためいき》混じりで腕を組み、しばらく考え込んでいたが、

「いや。それを言うては、迷惑がかかる人がおるゆえ、ハッキリとは申せぬ。ただ、さる商家の蔵にあったもので、商《あきな》いで困っているから、幾らでもよいので換金したいとのことなのだ」

「そう言われましてもな……」

「五十両や百両の値がつくであろう、本阿弥光悦ならば」

「掛け軸は、陶器や絵と違って、そこまで値のつくものはめったにございません。それに、この書はおそらく、戯《たわむ》れに書いたか練習したものに過ぎませぬから、せいぜい二、三両というところでしょう」

「えっ！　そんなバカな……」

浪人の発した声には怒りすら含まれていた。綸太郎は興奮した浪人の気持ちを抑えるように言った。

「いいですか？　これと比べてみて下さい」

和歌巻を差し出して、これも本阿弥光悦の書だと話した。それを凝視していた浪人は、納得したように頷《うなず》いて、

「たしかに、少し違うようだが、重々しい筆圧やハネなどを見ても、醸《かも》し出す厳《おごそ》かな雰囲気《ふんいき》は、光悦のものではないのかな」

と聞き返した。

「そのとおりです。でも、これはおそらく寛永《かんえい》年間に書かれたものでしょうが、この頃、光悦は中風《ちゅうふう》を患《わずら》った後遺症に苦しんで、以前の書とは違うものになってます」

「中風……」

「そうです。〝洛下の三筆《さんぴつ》〟と呼ばれた光悦が、その書風を完成したのは、慶長《けいちょう》九年（一六〇四）頃だと言われています。その当時のと比べると、歳《とし》のせいもありますが、別人のようです。かといって、光悦の腕が落ちたとか、書としての値打ちがないというわけではありません。私は手元に置いておきたい逸品《いっぴん》です」

「だったら買ってくれぬかな。〝洛下の三筆〟のものなら、いい値がつくだろう」

後に、近衛信尹《このえのぶただ》と松花堂昭乗《しょうかどうしょうじょう》とともに、〝寛永の三筆〟と呼ばれた光悦の書は、値のつけられぬ値打ちものではある。が、嵯峨《さが》天皇・橘逸勢《たちばなのはやなり》・空海《くうかい》という〝本朝《ほんちょう》能書《のうしょ》三筆〟や、小野道風《おののとうふう》・藤原佐理《ふじわらのすけまさ》・藤原行成《ゆきなり》という〝本朝能書三蹟《さんせき》〟に比べれば、ぐんと値打ちは下がる。もとより、同等に語ることもできないものである。

「むろん、知っておる。光悦流、近衛流、松花堂流が続いてきたが、光悦流は元禄《げんろく》の頃から下火になって、今じゃすっかり聞かなくなった。だからこそ値打ちがあるのではないのか」

「そういうものではないですよ」

「しかし、光悦色紙や短冊は今でも、人気ではないか。洛中の絵屋や扇《おうぎ》屋では、結構な値で売られておるぞ」

俵屋宗達の下絵に添えて、古歌を書いたものである。だが、光悦自身は和歌を作ることはなく、新古今和歌集《しんこきんわかしゆう》や小倉百人一首《おぐらひやくにんいつしゆ》を写した短冊なのだ。他に漢詩などもあるが、これらは光悦の手によるものではなく、鷹峯の工房で修業をした光悦流の職人たちが書いた作品である。

「つまりは、商品として作ったものですな。茶室や床《とこ》の間に飾るものや土産物《みやげ》として買われたのでしょう」

「それでも、かなりの値打ちがあると聞いておる。しからば、この掛け軸、もし落書きを表装したものであっても、それなりの金になるのではないか？」

「先程から金の話ばかりされますが、ご浪人様はよほど困っておるのですかな」

「俺ではない。言うたであろう。さる商人だな……」

「分かりました。では、これは一旦《いつたん》、私が預かりましょう。その上で、どなたかに売れたら、あなたにお支払い致します」

「五十両になるかな」

「それは無理だと言いましたが、もしかしたら好事家《こうずか》が欲しがるかもしれませんしね」

「ならば手付けで、一両でもよいから、貰えぬかのう」

「なるほど、そうして金を持ち逃げする気ですね」

「無礼なことを言うでない。それに、二、三両になるのならば、おぬしとて儲《もう》けではないか。いやいや、俺は必ず受け取りにくる。それが、かなりの値打ちものだと踏んでおるからな」

必死に食い下がる浪人に、綸太郎は気圧《けお》されて、

「分かりました。では、一両をお渡しした上で、預かり証を出しましょう。但《ただ》し、一月預かった上で買い手がつかぬときは、この掛け軸をお返しし、一両も返して貰いますよ」

「なんだ、『咲花堂』は質屋か？」

「利子はいりませんので。こんなことをしていたら、姉上に叱《しか》られますので、さあ、一両と預かり証を持って、早くお帰り下さい」

綸太郎が書き物をしている間に、浪人は値踏みをするように、店内を見ていた。

店内といっても、『松嶋屋』の離れだから、壺《つぼ》や茶碗などを数点、置いているだけに過ぎない。だが、浪人は見る目はあるのであろう。黄瀬戸、瀬戸黒、楽や唐津の名器が分かるようであった。

「もしや、これは〝俊寛《しゅんかん》〟と名付けられた長次郎《ちょうじろう》の黒茶碗では……」

じっと見つめながら、浪人は深い溜息をついた。

「さすがだな……何処《どこ》で手に入れたのか知らぬが、これなんぞ、それこそ何百両もするであろう。しかし、買う人がいるのかな」

「残念ながら、長次郎作なる〃俊寛〃ではありません。利休が薩摩《さつま》の門人に送った茶碗のうち、あれだけは返されずに残された。それゆえ、鬼界ヶ島《きかいしま》に取り残された俊寛にもじったとか」

「なかなか……」

「これは、五代目、宗入《そうにゅう》の作ですが、私はいたく気に入っているのです」

論太郎の言葉に感心したように頷いた浪人は、書き付けと一両を受け取ると威儀《いぎ》を正すように身構えて、

「ついでといっては何だがね、『咲花堂』さん……その掛け軸、綺麗《きれい》に表装し直してくれまいか」

「表装のし直し……？」

「その方が売れるのではないかと思うてな。ああ、金が必要なら、これで」

浪人は今、受け取ったばかりの一両を、綸太郎に渡して、どうかお願いしたいと丁寧《ていねい》に頼んだ。一体、この男は何を考えているのかと、綸太郎は不審に思ったが、狙いはなんであれ、表装し直す値打ちはあると思った。

「どうだ。おぬしの手でできるか」

もちろん、表装の技は家業同然なので、幾らでもできる。だが、黴の生えている状態で紙も弱くなっているから、しばらく時がかかると伝えた。すると、浪人は、

「よしなに頼む。その方が、高く売れるであろうからな」

と言って微笑《ほほえ》んだ。しかし、綸太郎には、やはり他の目的があるに違いないと、心の片隅で感じていた。

とはいえ、綸太郎にとっては遠い先祖にあたる光悦が、中風に悩んでいた頃に、懸命に鍛錬《たんれん》をして書き残した経文である。実に、味わい深く、艶《あで》やかな勢いのある文字を眺めながら、光悦の芸に対する心を堪能《たんのう》したいと感じていた。

二

神楽坂はなだらかな坂ではなく、かなりの急勾配《こうばい》である。ゆえに、数歩歩けるほど均《なら》した階段状になっているから、大八車《だいはちぐるま》は通ることができない。

だが、この日は、ある武家屋敷に大きな荷物を運ぶために、牛が引く荷車が登っていた。その後から人足《にんそく》が数人押している。

不幸が起きたのは、茶店『波奈』の前に来た頃だった。牛に繋《つな》いでいた縄《なわ》が外れて、荷崩れしてしまった。それを止めようと人足が慌《あわ》てたために、荷車が坂道を文字通り転がり落ちていったのだ。

たまさか通りかかった小さな子供がいたので、近くにいた遊び人風の男がとっさに子供を突き飛ばし、自分が車の下敷きになったのである。

ゴキッと鈍《にぶ》い音がして、遊び人風はその場で動かなくなった。

「あててて！」

悲痛な叫び声を上げた遊び人は、文左だったのだ。

妙な具合に右足が曲がっている。おそらく骨折したに違いない。だが、そのお陰で、荷車はそれよりも坂下に転がっていくことはなく、荷物は幾つか落ちたものの、被害は最小に食い止められたようだった。

「おい！　大丈夫か」

人足たちが駆《か》け寄って来たのへ、文左は泣き出しそうな声で、

「だ、大丈夫なわけがねえだろう……た、助けて……ひいい……」

悲鳴も声にならなくなり、みるみるうちに顔が真《ま》っ青《さお》になった。

そこへ、近づいてきたのは、先程、『咲花堂』に掛け軸を売りに来ていた浪人だっ

た。そして、足を少し触るなり、

「これはいかんな。すぐに医者に診《み》せて、骨接《つ》ぎして貰わねば、一生、使い物にならなくなるぞ」

と声をかけた。

痛みで目を閉じていた遊び人は、アッと目を開けると、

「だ、旦那《だんな》……天下泰平《てんかたいへい》の旦那じゃありやせんか……俺ですよ……〝あぶの文左〟でやんすよ……あててて」

と声をかけた。

天下泰平と呼ばれた浪人の方も改めて遊び人をまじまじと見るや、

「なんだ、おまえか。これは、マズいところで会ったな。では、達者でな」

あっさりと背中を向けると、スタコラサッサと逃げるように坂下に向かった。

「お、おい……なんてやつだ、もう……返せ！　貸してやった金返せ、ドロボー！」

死にものぐるいで叫んだが、痛みの方が激しくて、文左はそれ以上、声も発することができなかった。

すぐさま、近くの町医者のもとに運ばれ、曲がった膝《ひざ》を強引に治した。腫《は》れた所に湿布をあてがわれ、添え木をされた。痛み止めは気休めで、ずっと棍棒《こんぼう》で叩《たた》かれ続け

ているようだった。

しばらくして、波奈が迎えに来た。手伝いとして、綸太郎も一緒である。

「まったく世話が焼けるねえ」

波奈が呆《あき》れたように言うと、文左は散々、泣いた赤い目を腫らして、

「冷たいねえ、姐御《あねご》も……もう少し優しくしてくれたっていいじゃないか。若旦那といちゃいちゃしてねえでよ」

「そんなことしてないでしょ。あなたのことが心配で来て下さったのよ」

「どうだかね。あっしには分かるんですよ」

奥の座敷で寝転がって、添え木をされた足を吊《つる》されている文左だが、口だけはペラペラと達者である。

「姐御は綸太郎さんを憎からず思っている。そんでもって、若旦那の方も姐御を口説き落とそうとしている。だから、こうして毎日のように乳繰《ちちく》り合ってても、てめえたちは気づかないいんだよ」

「誰が乳繰り合ってるって？」

手元にあった棒きれで、波奈は軽く文左の足の添え木を叩いた。それでも酷《ひど》く響くようで、文左は悲鳴を上げた。

「じょ、冗談はよしてくれよッ」

「あんたが、つまらないことを言うからでしょ。綸太郎さんに迷惑でしょうが」

「チッ。そうやって、すぐ若旦那のことばかり心配しやがって、もう」

ふたりが言い合っているのを、綸太郎は眩《まぶ》しそうに見ながら、

「兄弟のように仲がいいんだねえ。私にも姉貴がいるが、実に羨《うらや》ましい」

「何をおっしゃる、若旦那。こんな女よりも、美津さんの方が凄《すご》くいい女だ。品があって教養もあって、何より女の色香が生半可じゃない。あんないい女に三行半《みくだりはん》をつきつけた男は、バカだね。見る目がねえ」

「見る目がないのは、文左さん、あんただ」

綸太郎はキッパリと言ってから、持参していた掛け軸を開いた。先程、浪人が売ってくれと置いていったものだ。

光悦の書いたものだと話してから、綸太郎は尋ねた。

「書を嗜《たしな》んでいるあなたから見て、これをどう思うか聞いてみたいと思ってな」

「そうですね……」

真剣なまなざしで眺めていた波奈は、この経文は、中風のために書の鍛錬をしていた証拠に、小さな震えがあることを認めた。それが作品になってしまうのは、やはり

光悦の繊細な美的感覚の優《すぐ》れた面が、表現されているからであろうと、波奈は言った。

「なるほど、光悦は刀剣の目利き、磨礪《まれい》、浄拭《じようしよく》を通して、刃の地肌に浮かぶ紋様のような文字を書くことがありますが、波奈さんもそう感じられましたか」

「ええ。経文の意味と相まって、とても力強く感じる一方で、何処か不安めいたものもあるような気がします。この世や人の一生の儚《はかな》さなのか……私にはうまく説明することができませんが、なんとも言えない、彷徨《さまよ》っている筆捌《さば》きがもどかしいくらいです」

しみじみと述べた波奈を、綸太郎も感服したように聞いていた。お互いの複雑な感情が絡み合うような瞬間だったが、

「なんだよなあ……禅問答じゃねえんだから、お互い分かったような分からないような……傍《はた》から見ててイライラするぜ」

と文左が水を差した。

「どうせ、あんたは頭の中が食べ物ばかりで、美味《うま》いか不味《まず》いかしかないもんね」

見下したように言った波奈に、文左がまた何か言おうとすると、綸太郎がすぐさま掛け軸の傷んだ所を示しながら、

「表装し直そうと思うのだが、波奈さんの手を借りたい」

「私の……それは無理です……綸太郎さんができるのではありませんか」

「もちろん。でも、この繊細な紙を剝《は》がして、別な掛け軸に仕立てるためには、本物と贋物を見極める目を持つ人に見ていて貰いたい」

「だったら、立派な表装師をご存じなのでは？」

綸太郎が波奈に依頼をしたのは、ただの戯れではない。香苗たち〃取替屋〃はまんまと綸太郎を騙《だま》して姿を眩《くら》ましたが、少なからず関わっていた波奈にも、大きな疑いの目を向けていた。

しかも、専《もっぱ》ら書画骨董を盗む〃紅烏〃が、波奈であろう。南町同心の長崎千恵蔵がそう睨んでいることを、綸太郎も承知していたから、自分でも確かめたかったのだ。貧しい人々に盗んだ金を分け与える義賊の裏の顔を、波奈は持っていると綸太郎は勘繰《かんぐ》っていた。その真実を知り、波奈という女の素顔を見たいとも思っていた。

「この掛け軸は、一体、誰が持ち込んだのですか？」

波奈が何気なく訊《き》いた。綸太郎も、さりげなく聞き返した。

「気になりますか、誰が持ってきたのかが」

「え……？」

「気になりますよね。実は、これ、ある商家から換金を頼まれたらしいのですが、その前に、私の知り合いの屋敷から盗まれたものなんですよ」

「はあ……」

言っている意味がよく分からないと、波奈は首を振った。綸太郎は相手の目を凝視して、掛け軸をもう一度、見せながら、

「これは、〝紅鳥〟が盗んだものなんです。それが、ある商家にあった……持って来たのは、四十絡みの浪人でしてね。預かり書には、天下泰平などとふざけた名を書いておりましたが、只者ではないと睨みました」

と綸太郎が言ったとき、

「天下泰平……!?」

素《す》っ頓狂《とんきょう》な声を上げたのは、文左だった。

「わ、若旦那ッ。そいつは、騙《かた》りも騙り、大騙りですぜ！　たった今、そいつに……ああッ、また思い出した。金返せえ！」

妙に興奮する文左を、綸太郎と波奈は不思議《ふしぎ》そうに見やった。

三

両替商『辰巳屋《たつみや》』は日本橋のど真ん中にあった。一際《ひときわ》、広い間口で、人の出入りも他店に比べて遥《はる》かに多かった。

軒《のき》の高さや看板の大きさなどは、決められているので派手さはないが、それでも金文字の軒看板や金箔《きんぱく》を施《ほどこ》した丈の長い暖簾《のれん》は、いかにも老舗《しにせ》であることを物語っていた。

「――たしかに立派やなあ……」

綸太郎が軒看板を見上げていると、出入りの業者が邪魔だとばかりに押しやった。よろめいた綸太郎は他の客の背中を支えにして、

「これは申し訳ありません。同じ江戸なのに、神楽坂とはえらい風情《ふぜい》が違いますなあ」

誰にともなく話して、店の中に入ると帳場で忙しくしている番頭に近づいて、主人の唐左衛門《とうざえもん》に会いたい旨《むね》を告げたが、けんもほろろに追い返されそうになった。事前に申し出ておかないと、主人と面談はできないのだ。

さもありなん。今で言えば、銀行の頭取のようなものだ。しかし、『神楽坂咲花堂』の上条綸太郎だと名乗ると、番頭の目つきが少しばかり変わって、

「あ、ああ……初めから、おっしゃって下さればよかったのに。これは失礼を致しました。少し向こうの土間の方でお待ち下さい」

と言うと、控《ひか》えていた手代に何やら耳元で伝えて、奥へ行かせた。番頭は綸太郎に愛想笑いをしてから、すぐ帳場に戻り、客の対応に追われていた。

忙しいから無理もない。しかし、人の顔を見て態度を急に変える人間は信頼できんなアと、綸太郎は心の中で思っていた。

奥座敷に通されると、主人の唐左衛門が先客を帰したばかりで、茶で口を潤《うるお》していた。厚手の羽織《はおり》は漆黒で艶々《つやつや》しており、それにも増して、唐左衛門の丸い顔も、還暦近い歳の割には張りがあった。

「これは、綸太郎さん……久方ぶりでございますなあ。『利休庵』のご主人も、しばらくは上方《かみがた》に行くといって留守で、日本橋も寂《さび》しくなりました」

唐左衛門は丁寧な口調で目尻を下げてはいるが、内面から出てくる自信の固まりは、横柄《おうへい》にすら感じる。

『利休庵』の主人の清右衛門は、その昔、綸太郎の父親の弟子だったが、江戸に出て

きて旗本や諸藩の江戸家老らとの付き合いを通じて、刀剣や骨董の商売を大きく広げた遣手《やりて》である。綸太郎に対して様々な意地悪をしてきた。が、それをモノともせず躱《かわ》してしまう綸太郎の鷹揚な気質に、根負けしてしまった経緯がある。その清右衛門とウマが合う商人だから、

——用心に越したことはない。

と綸太郎は思っていた。案の定、綸太郎の方から訪ねてくるのを予感していたのか、

「こちらから挨拶《あいさつ》せねばならぬところ、はるばる申し訳ありませんなあ。いえね、綸太郎さんがまた神楽坂で店を出されたことは、噂《うわさ》に聞いておりました」

「そうですか……ならば話が早い」

綸太郎は光悦の書の掛け軸のことを話した。

「実は、あなたの持ち物であるはずのこの掛け軸を持ち込まれましてな」

持参した例の掛け軸を見せて、間違いありませんねと念を押して、

「持ち込んできたのは……」

「ええ、それなら、私が天下泰平という先生に頼んだのです」

「先生……？」

「剣術の先生で、しばらく、うちで起居して貰っているのです」

「つまりは、用心棒ってことですね」

「嫌みな言い方をしないで下さい。私は町人でありながら、若い頃から、少しばかりヤットウの稽古《けいこ》をしてましてな。これでも香取神道流《かとりしんとうりゅう》の初伝を戴《いただ》いております」

「なるほど。では、たしかに、あなたが天下泰平さんに頼んで、うちに届けたということですね」

「そういうことです」

「だったら、噂に聞いただけの私に換金を頼まなくても、『利休庵』さんも含めて、幾らでもいい店があるではないですか」

穏やかな顔つきではあるが、綸太郎が言外の意味を含んだ口ぶりになると、唐左衛門は口元を歪《ゆが》めたが、

「私が一番、信頼しているのは、『咲花堂』さんだからです」

「天下泰平さんの話によると、商売が傾《かたむ》いたと言ってましたが、こうして見た限りには、この上ないくらいの大繁盛ではないですか。それに比べて、この掛け軸なんぞは売ったとしても、二、三両がいいところ。やはり、何か他に狙いがあるのですね」

「他に狙い……？　これは妙なことを言いますなあ……」

唐左衛門は心底、不思議そうな顔をした。綸太郎は胸の裡《うち》で、

——では、この唐左衛門の差し金ではないということであろうか。

と思った。

「換金したいというのではなく、一体、どんな狙いがあると？　『咲花堂』さん……正直申しまして、見た目は大繁盛ですがね、金貸し商売なんていうのは、博打《ばくち》みたいなもので、台所は火の車です」

「そんなものなんですか？」

「ええ。所詮《しょせん》は、人様の金を預かって、それを他の人や店に貸して、その利息で食っているだけです」

自虐《じぎゃく》めいて唐左衛門は言ったが、横柄な態度からは、それが本音とは思えなかった。だが、百両でも金に換えられる物があるならば、換えてしまおうという必死の事情はあるようだった。それでも二、三両にしかならぬのなら、唐左衛門にとってはガラクタ同然であろう。

「利息にもならないような金を欲しいとは思えませんが……」

「ですから、内輪は大変なんです」

「そうですか……では、天下泰平というご浪人のことを少し訊きたいのですが」

と綸太郎が言ったとき、さらに奥の座敷から、眠そうに大あくびをしながら当の本人が現れた。痒《かゆ》そうに扇子の先で背中を掻《か》きながら、

「ダニがいるのかねえ、この時節に……」

文句を垂《た》れながら、デンと座った。

「ご主人に訊かなくても、自分のことは自分で話すよ」

「〃あぶの文左〃という遊び人を知ってますか」

「ありゃ……」

意外な人物の名が飛び出てきたと、泰平はおでこをポンと叩いた。

「聞きましたよ。あなたは〃お宝人《たからにん》〃と称する、いわば値打ちのある書画骨董ばかりを探す名人だとか」

「奴がそんなことを？」

「ええ。ですが、ほとんどは騙り同然に、人様から壺や茶碗などを取り上げて、それを転売して儲けているとか」

「当たらずとも遠からずだが、騙りはないだろう、騙りは」

「騙り同然と言ったのです」

「それを言うなら、文左だって、諸国を巡る行商だと称しながら、あっちのものをこ

っちに廻してボロ儲けしてた輩《やから》だぞ。あんたのような骨董店だって似たようなものではないか。元々、値があるかないか分からぬものを、勝手に値を付けてるのだからな」

「それは違いますよ。刀剣目利きや骨董はそもそも商いとは違います」

綸太郎は凜《りん》と瞳を輝かせて、いかにもむさ苦しい浪人の泰平に向かって言った。

「本来は値のつけようがないものを、どれくらいの値打ちがあるか分かりやすくしたものであって、物の多寡《たか》によって決まる値段とは似て非なるもんです」

「そういうものか」

「はい、そうです。いわば、剣術で言えば、奥儀や免許皆伝のような、目に見えないものに付ける権威のようなものです」

「ならば尚更《なおさら》、見極めが難しいではないか」

「ええ。ですから、これはたしかに光悦の手による書ですが、百両などという凄い値打ちはありません。ただ、こうして眺めている分には、心が豊かになってよいかと思いますから、お返しに上がりました」

素直な態度の綸太郎に、泰平は感心したように頷いて、

「なるほど。実に潔《いさぎよ》い」

「は？」

「俺ならば、あれこれ理《ことわり》を諭《さと》して、高く売りつけるがな。光悦の書なら尚のことだ。あ、これじゃ、あんたのいうとおり騙りみたいなものか。アハハ、こりゃいかんな」

豪快に大笑いする泰平に、まったく悪びれた様子はない。

――妙な浪人だな。

と綸太郎は感じていたが、文左が言っていたとおり、摑《つか》み所のない人間であるようだ。その上、どことなく憎めないから、ついつい借金も許してしまったという。

「気に入った、綸太郎殿」

「…………？」

「俺は真っ正直な人間が大好きでな。損得で動く奴ほど信用ならぬ。だが、損得ばかり考えている人間は、そう多いわけではない。弱いだけだ。そうは思わぬか。人間は弱いから、ついつい損得を考えるだけだ」

綸太郎は自説を語る泰平を、迷惑そうな目で見ていた。

「俺は損得では動かぬ。そういう人間が、実は一番厄介《やっかい》なんだ。ワハハ。丁度《ちょうど》よい、腹が減ったところだから、飯に付き合え」

そう言いながら、唐左衛門から金を半《なか》ば強引に受け取ると光悦の書を丸め、すぐ近くにあるという小料理屋へ向かうのだった。

四

「実は、改めて頼みたいことがある」

どじょう鍋《なべ》屋の二階座敷の片隅に陣取った途端、泰平は耳打ちするように言った。

気を許していたわけではないが、不意打ちをくらったように、綸太郎は黙って聞いていると、実に興味深い話を始めた。

「まず話しておくが……俺は今の両替商『辰巳屋』の用心棒ではない。もっとも、そういうことで潜《もぐ》り込んでいるがな」

「潜り込んでいる……？」

「文左の奴が、俺のことを〝お宝人〟だと言ったそうだが、それは逆だ」

「逆……？」

「〝お宝人〟狩りをする方だ」

「…………」

「何をキョトンとしている。おぬしも『咲花堂』の次期当主ならば知っておろう。幕府の命令によって、世の中の大切な宝物を守る役人が、大目付支配にいることを」

「ええ、まあ……古《いにしえ》の聖武《しょうむ》天皇のご時世のことですが、帝《みかど》の衛士《えじ》の中には、古跡や神社仏閣、陵墓などから、遺物や財宝を奪う盗賊を追捕する役人もいたとか」

「さよう。俺はその末裔《まつえい》にあたる」

「――本当ですか？」

胡散臭そうな目で見やった綸太郎に、泰平は苦笑を返しながら、

「あんたは物の値打ちは分かっても、人を見る目がないのか。俺はどこからどう見ても、すっきりと晴れ渡ったような男だろうが、ワハハ。とにかくだ……この光悦の書だ」

傍《かたわ》らに広げて、改めて綸太郎に見せた。

「この掛け軸の値打ちは、たしかに百両の値打ちがないかもしれぬが、剝がした所に、千両いや一万両を超える値打ちのものがあるはずなのだ」

「剝がした所……？」

「うむ。この経文が貼《は》られた裏側の台紙に、元々、貼られていた紙がある。それには、将軍家にまつわる財宝の隠し場所が記された絵図面、もしくは文字が残されてい

る……はずなのだ」

「まさか。私の見る限り、この装幀は使い廻しのものではありませぬ。書を剝がしたところで、そのようなものは……」

「あるかないか、やってみなきゃ分かるまい」

自信に満ちた顔で、泰平は目を細めながら、目の前のどじょう鍋を見ながら、ぐいと酒を飲み干した。

「見てみなよ……さっきまで、うろうろしてたどじょうが豆腐の中に逃げ込んでしまった……だが、何処へ逃げたって茹《ゆ》でられてしまうんだ。考えてみりゃ、残酷な食い方をするもんだなあ」

「――何の話です」

「俺たち〝お宝人〟狩りをする者は、常に何処かに逃げ場所を作っておいて、そこへ追い込むのだ」

「言っている意味がよく分かりませんが……さっき、『辰巳屋』に潜り込んでいるようなことを言ってましたが、それと関わりがあるのですか」

「さすがは、綸太郎殿……そのまさかでござる」

平然と言ってのけた泰平は、何故に『辰巳屋』に潜り込んでいるかを話した。

「綸太郎殿は、〝取替屋〟という裏稼業の者がいるのを知っておるか」

「それなら、散々、痛い目に遭《あ》いました」

「ほう、『咲花堂』ともあろう御仁が、あんな盗人紛《まが》いに、してやられたか」

「少なからず害を受けましたが、利用されたことの方がいささか……落ち込みました」

「この際、仕返しをしないか」

「ええ？」

「ここだけの話、実は『辰巳屋』こそが、〝取替屋〟の元締めなのだ」

「——まさか……」

綸太郎はそれこそ眉唾《まゆつば》ものだと否定した。『辰巳屋』は、綸太郎とも同族である『日本橋利休庵』の清右衛門とは昵懇《じっこん》で、罪を犯すような人間ではないと思っている。

「だから、良い家柄のぼんぼんは世間知らずというのだ。はっきり言おう。清右衛門はその唐左衛門という男は、盗賊が金貸しになったようなものだ。そして、『辰巳屋』の手先と言ってもよかろう」

「たしかに、私も『日本橋利休庵』の清右衛門さんには、色々と辛酸《しんさん》を舐《な》めさせられましたが、盗人ではありませんよ。それだけは確かです。仮にも、公儀刀剣目利きの役職にもあった人ですからね」

意地を張るように言う綸太郎に、泰平は頷きながらも、

「清右衛門さんがどういうお人であれ、あんたが〝取替屋〟に利用されたように、〝取替屋〟に使われていたのであろう」

綸太郎の身に起こったことを、まるですべて見抜いているように言った。泰平は、豆腐の中で、うまい具合に煮え切ったどじょうを箸《はし》で崩しながら、

「綸太郎殿に、この掛け軸を預けたのも、その裏にある秘密を暴くと睨んでのことだったのだが、あっさり返しにくるとは思わなんだ。しかし、こうして同じ鍋で煮詰められたからには、美味いものになりましょうや」

「禅問答は懲《こ》り懲《ご》りです。あなたの真意を言ってくれませんか」

「真意……」

「そうです。先程、あなたは、自分は損得では動かない。だから厄介だと話してましたが、私に言わせれば、美しいかそうでないかが元になります」

「さすが、刀剣目利きらしい判断の仕方だ」

「〝取替屋〟のやり口が綺麗じゃないように、あなたの行いも、策謀を巡らせているようで美しくない」

毅然《きぜん》と言った綸太郎に、泰平はますます気に入ったとばかりに舌鼓《したつづみ》を打って、

「でも、まだまだ若いな。あんたの父上殿の雅泉さんのように、たかが物でも、裏側や内側を見ないと、真価は分からぬ」

「――父を知ってるので？」

「若い頃には随分と世話になった。真贋が分からなければ、〝お宝人〟狩りもできぬからな。もっとも、父上殿は、なかなか本音を見せぬ人だ。慎《つつし》み深いとも奥行きがあるとも言えるが、それこそ策士にも見えた」

「今でも、そういうところが、あまり好きではありませんね」

「そうかな。何でもかんでも、上っ面で判断したり、ものを言う人の方が俺は信頼できぬ。自分でものを判断する根拠がないから、損得だけで決めるのだ」

「…………」

「釈迦《しやか》に説法だが、筆、硯《すずり》、墨、紙という文房四宝《ぶんぼうしほう》や装幀によって、書の出来具合や見え方が変わってくるであろう。焼き物がそうであるように、それを書いた本人の意志や考えとは別の何かが生まれるのも、書の不思議なところだと俺は思う」

「たしかに、刀剣とて、火の具合や鉄の叩き方は刀工の腕によって決まるとしても、思いがけぬ美しさや強さが生まれるのは、人智を超えたところにある」

「さよう。それゆえ、いや……その偶然を生むために、日々、鍛錬していると言ってもよいのではないかな」

「偶然を生むために？」

「さる藩の御前試合で、こんなことがあった……」

泰平はかなりの剣術の使い手のようだが、まったくその素振りは見せていない。だが、このときは、いかにも武芸者らしい顔つきになって、目を輝かせた。

「勝ち残った俺と相手は、ほとんど互角の腕前、どちらが勝っても不思議ではなかった。だが、ほんの一瞬、相手の目に傾いた西日が入ったとき、まばたきをした。その瞬間に、俺は相手の間合いの中に入り込んで、一撃を浴《あ》びせていた」

「………」

「見物をしていた藩のお偉方は、俺のことを運がよいと言い、もちろん、それを見逃さなかった腕前も凄いと褒めてくれた」

「なるほど……」

「だが、俺は相手の目に西日が入るのを計りながら、間合いを詰めて足を動かしていただけで、相手がまぶたを閉じる一瞬を狙っていたのだ。分かるな……自慢話をしたのではない。そういう瞬間を逃さぬために、俺は毎日、毎日、手足が痺《しび》れるまで稽古をしていたのだ。それと同じことが、書画や陶芸にも言える」

「はい……偶然には見えても、いかなるものも実はただの偶然の産物ではなく、きちんと見据《みす》えた先にあるということですな」

まるで剣術の師範に稽古をつけられているような真摯《しんし》な態度になって、綸太郎は答えた。そして、ハッと目を見開くと、

「もしや、あなたは……この光悦の書は、ただの落書きとか中風の後遺症を治す鍛錬ではなく、何かを計算尽くで隠しているとでも？」

「うむ。そういうことよ」

「しかし……」

綸太郎は思わず首を振りたくなったが、泰平は当然のように、

「光悦は、たまさか手慰《てなぐさ》みに書いた経文の書の中に、ある財宝を隠したのだ」

「財宝……」

「徳川家康から、鷹峯をあてがわれた光悦だが、洛中からは追いやられることになり、老いてからは裏切り者扱いをされた。その積年の怨《うら》みが込められた書であると、俺は睨んでいたのだ」

たしかに、光悦は元和元年に、徳川家康から、南北七里にもわたる九万坪余りの地

を与えられ、〝芸術村〟を作った。古田織部と親交が深かったからである。古田織部は信長《のぶなが》から秀吉《ひでよし》、そして家康に仕えた武将だが、千利休を師として茶道を極めていた。それゆえ、朝廷や貴族、僧侶や大名らとの人脈も広かったから、家康も重宝していたが、「大坂夏の陣」では豊臣方に内通していた疑いで切腹となり、御家も断絶となった。

その煽《あお》りで、本阿弥光悦もあらぬ疑いをかけられたが、加賀前田家の取りなしもあったのであろう。京の僻地《へきち》に追いやられたのだ。光悦はその〃芸術村〃で才能を遺憾《いかん》なく発揮したが、徳川家への怨みはずっと抱いていた節もある。

「家康が執拗《しつよう》に大坂城を攻めたのは、豊臣家の財宝を奪うがためだった。だが、思ったほどのお宝はなかったとのこと」

「事前に、何処かへ移していたという噂もありますが……」

「それよ。京の……しかも禁裏に運べば、家康とて手は出せまい」

「まさか、その隠し場所を記したものが、この掛け軸にあるとでも？」

「そのまさかだ……だからこそ、唐左衛門を唆《そそのか》し、〃取替屋〃を動かして、それを盗ませた……その書を持っているはずの御三卿筆頭の田安《たやす》家からな」

熱く語る泰平の言葉を、綸太郎は俄《にわか》には信じられなかった。だが、織部が光悦を通じて、公家の誰かに財宝を隠させたと、祖父や父から聞いたことはある。本阿弥家は、足利尊氏《あしかがたかうじ》の治世より続く、刀剣の鑑定では最高権威の名家である。密かに事を行うことは、無理ではないはずだ。

「なるほど……そういうことなら、丁寧に表装をし直してみましょう。私の手で」

綸太郎が静かに頷くのを、泰平はシタリ顔で見つめるやワハハと笑って、すっかり煮詰まりつつあるどじょう鍋をつつきながら、酒をぐいぐいとあおった。

むろん、盗品と分かった以上、本来の持ち主に返すのが筋である。だが、——探りを入れるような真似までして、本阿弥家ゆかりの『咲花堂』に持ち込んだのには、まだ一枚や二枚の裏はあるはずだ。

と綸太郎は睨んでいた。ゆえに、泰平の口車にあえて乗ったのである。

五

南町同心の長崎千恵蔵が、神楽の七五郎を連れて、綸太郎の前に顔を出したのは、その三日後のことだった。

極秘の探索の手伝いをせよという、半ば強引な誘いであった。

その探索とは他でもない。泰平が鑑定依頼をした〝光悦の書〟についてであった。どういう経緯で、如何《いか》なる理由で町方が探しているのかは話さなかったが、

──将軍家の一大事である。

ということだけは確かなのだと、長崎は繰り返し言った。

綸太郎は事情を把握していたが、あえて知らぬ顔で、長崎の話を聞いていた。悪に対しては、それなりの正義感のある同心だということは承知しているが、まだお互い、心を許しているわけではなかった。

「知っていることがあるなら、すべて話した方が身のためだぞ」

長崎は恫喝《どうかつ》するように言った。そういう脅《おど》しが、綸太郎は一番嫌いだった。

「どういう意味でしょう、長崎さん。隠し事などしておりませぬが」

「嘘《うそ》を申せ。おぬしは、天下泰平なる浪人から、光悦が書いたとされる書の掛け軸を預かったはずだ」

「表装を換えるためですが？」

「それを見せて貰いたい」

「今、特殊な液につけて、綺麗に糊《のり》を剝がしたりしておりますから、無理ですね」

「いいから、見せろ」

「何の権限があって、そのような乱暴なことを……」

　綸太郎は毅然とした態度で、長崎を睨み返し、

「いいですか。私は依頼人から預かったものを、丁寧に表装し直して返すだけです。必要ならば、その後に天下泰平さん……いや、持ち主は両替商『辰巳屋』の主人・唐左衛門さんですから、訪ねて見せて貰えばよろしいでしょう」

「屁理屈《へりくつ》ばかり言いやがって」

「それに、私ができることは、書の鑑定であって、それ以上のことは分かりません」

「ならば……」

　長崎は意地悪そうな目になって、

「その書の真贋だけでも、教えて貰おうか」

「預かっているものですか」

「ああ、そうだ」

「そうですね……長崎様にだけは正直に申しておきます。ですが、だからといって、人に吹聴しないで下さいよ。でないと、『辰巳屋』さんの沽券《こけん》に関わりますから」

「その言い草では、贋物と言っているようなものではないか」

「――お察しがいい。そのとおりです」

「まこと、贋物なのだな」

「はい」

もちろん、嘘である。本物であることを、綸太郎は長崎に隠したのだ。

「それでも表装し直すというのか」

「ご本人が信じているのですから、わざわざ贋物だと教えることはしません。もちろん、きちんと鑑定をして値を付けるとなれば話は別ですがね……表装の方が高くつくなんてことは、よくあることとです」

「ふん。いかがわしい商いだな」

「私がしているのは、商いではありません」

「なんとでも言え。それが贋作ならば、用はない。だが、もし本物を見かければ、すぐにでも俺に報《しら》せるのだ、よいな」

「承知致しました」

丁寧に綸太郎が頭を下げると、長崎は七五郎に顎《あご》で合図をして、店から出て行った。すぐに奥から、美津が出てきて舌を出した。そして、抱えていた壺から、塩を掴み出して、パッと表に向かって投げた。

「どうも、いけすかん人や。綸太郎、あまり町方同心なんぞと関わったらあきまへんえ。なんや悪い物が憑《つ》いてくる気がするし」

「嫌われ役を引き受けるのも、町方の務めかもしれませんな」

「情けは無用ですよ、綸太郎。ああいう輩は、こっちが下手に出たりすると、妙に付け上がりますよって。そんなことより……」

美津は深刻そうな顔になって、

「いつまでも、この離れを借りてては、きちんとした目利きや鑑定ができまへんやろ。いい場所を、骨董仲間の方から聞いて来たのやが、ちょっと一緒に行きまへんか」

「いい場所……俺は神楽坂からは離れたくないんですが」

「善国寺《ぜんこくじ》の先を入った横丁に、絵双紙屋があったそうなのやが、空き家になってましてな。間口は小さいが、場所はええし、毘沙門天《びしゃもんてん》さんの隣てのは、縁起がようてよろしいと思いまへんか」

「ああ、そこなら俺も知ってるが、ちょっと日当たりが悪いから、どうですかねえ」

「この際、文句は言うてられんでしょうに。『松嶋屋』さんにいつまでも迷惑をかけるわけにはいかんしね」

「でも、あの絵双紙屋だった店は、刃傷沙汰《にんじようざた》があったらしく、あまり評判はようありませんよ。幽霊が出るとか」

「おや、おまえらしくない。妖怪やお化けの類《たぐい》は信じへんのと違いますの?」

「俺は一向にかまわんが、お客さんが気にするやろ。しかも、刀剣を扱うのやから、辛気《しんき》臭いのはようない」

「さよか……?　でも、まあ一度だけ見てみんか。もう、大家さんにも話してるし」

美津は言い出したらきかない性格だから、あまり拒《こば》んでも機嫌を損ねるだけだ。ややこしくなる前に従っておこうと、綸太郎は思って、見るだけだと足を運んだ。

白髪《しらが》の老婆が先に来ていて、表戸や奥の障子戸《しょうじど》や襖《ふすま》、縁側の窓などを開け、風を通していた。何も物がないから、ガランとしていて、外から見ていたよりも広い感じがする。

「目の前のお寺の本堂が邪魔して、お日様が隠れてますが、朝日と夕日は綺麗に差し込んできますよ」

と老婆は言った。

朝夕の光と黒塀の兼ね合いが風情があるし、傘を傾けなければすれ違えないような路地の割には、人通りが多いという。

「おたくのような商いならば、表通りよりも、むしろ、ここの方が繁盛するのではありませんかねえ」

老婆はすぐにでも決めて欲しいような口ぶりで言った。しかし、質屋や故買屋とは違うから、人目を忍ぶ所に店を構える必要はなかった。それに、やはり刃傷沙汰があったのが、綸太郎には気がかりだ。

「そのことですがね……」

気兼ねしたように、老婆の方から話をしてきた。

「前に、ここで絵双紙屋をやってた夫婦者は、実は大泥棒だったんですわ」

「大泥棒……」

「ですから、泥棒宿というやつですか……それで使われてたらしいです」

「まったく江戸に来てから、盗人だのなんだのと物騒な話ばっかりですなあ」

綸太郎は美津に向かって言ったが、素知《そし》らぬ顔をして、奥の座敷が綺麗に畳替えされているなどとはしゃいでいる。この店のどこを気に入ったのかと、不思議なくらいだった。

泥棒宿というのも引っかかる。盗人一味が世間を欺《あざむ》きながら隠れ家にしたり、盗品を仕舞っておいたりする所である。老婆はその泥棒たちが捕縛されてから、初めて知ったのだという。

「もう一年程前のことですがね、仲間割れをしたみたいで大喧嘩があって……しかも、夫婦者もそのふりをしていただけ」

「それで刃傷沙汰が起きたわけですか」

「だと思います。詳しいことは、七五郎親分にでも聞いて下さい」

「大家さんに向かって言うのもなんですがね、そういう事情の所で、刀剣を扱う店を出すのも如何かと思います。ええ、私どもは評判が一番ですのでね、わざわざ縁起の悪い所で営《いとな》むのも……」

「縁起が悪いなんて……」

老婆は悲しそうな目になったが、誇《ほこ》りもあるのであろう、わずかに強い口調になって、綸太郎の前に立った。

「おたくが京でも有名な『咲花堂』さんだからこそ、お手伝いをしたいと思ったまでです。嫌なら、こちらからお断りします」

「あ、いえ、決して、そういうつもりでは……」

ついつい曖昧《あいまい》にしてしまった綸太郎に、老婆はもう一言、責めたいとばかりに、

「余計なお世話でした。この辺りは、私の死んだ亭主が持っていた地所が多いので、店子《たなこ》も多いんですがね。神楽坂で『咲花堂』は開けないと思うて下さい」

と腹が立ったように言った。当時、土地を所有しているといっても、天下のものゆえ、地主として預かっているという観念であったが、お大尽であったことに変わりはない。

なんでも、老婆は日本一の呉服屋『越後屋《えちごや》』の妾《めかけ》だった人で、亭主と言ったのは、その人のことを指している。長い間、坂上にある屋敷に住んでいたらしいが、もう十年余り前に亭主は亡《な》くなり、幾つかの貸家などを持っているから、暮らしに困ることはなかった。

綸太郎は申し訳ないと謝って帰ろうとすると、奥から美津が大きな声で、

「気に入りました。綸太郎、ここがよろしいと思いますえ」

と言った。

「表はともかく、裏手が美しい。京の坪庭のように綺麗に手入れされてて、楓《かえで》や躑躅《つつじ》などが植えられてて、その時節には風流だと思いますよ。ねえ、綸太郎」

あまりにも屈託のない声で言うので、老婆は俄に嬉しそうになって、

「そうですか？　だったら、是非にお願いします」

急に態度が変わった。綸太郎は戸惑っていたが、店の金のことは美津が仕切っているから、反論はしにくい。

「なあ、綸太郎……刃傷沙汰いうたかて、匕首《あいくち》かなんかで、ちょっと斬り合う事件があっただけやさかいな。うちが暖簾を出したら、そんな噂はすぐに消えてしまうのと違いますか？　神楽坂の新しい名所になりますよ」

また調子のよいことを言っていると綸太郎は思った。

「姉貴……借りるなら、姉貴ひとりが住む所として借りればいい。店は俺が別の所を探すから、心配せんでええ」

突き放すように綸太郎は言ったが、なぜか美津はここが落ち着くと言い張って、さっそく老婆と貸し借りの話し合いに入ったのであった。昔から、思い立ったら吉日とばかりに、美津はその日のうちに解決しないと気が済まない性分なのだ。

——勝手にすればいい……。

綸太郎は干渉しないと決め込んだが、意外な厄介事に巻き込まれるとは、美津も綸太郎も思ってもみなかった。

六

表装し直した掛け軸を『辰巳屋』まで持参した綸太郎は、唐左衛門に包んでいた絹《きぬ》の風呂敷から取り出して見せた。

「おお……これは実に立派な……」

表装の仕方は無数にあるが、基本は「真《しん》・行《ぎょう》・草《そう》」にそれぞれまた「真・行・草」を組み合わせたものが中心となる。書の楷書と行書、草書に合わせたものだが、必ずしも書体と関わりがあるわけではない。

淡《あわ》い草色の中縁《なかべり》に、上下の〃一文字〃の間に貼り合わせた本紙が、最も活《い》き活きと見えるように、巻尾や掛尾、八艘《はっそう》や風袋《ふうたい》など細やかなところにも、綸太郎らしい上質なこだわりがあった。だが、本紙以外の何処にも気を向けさせないというのが、本来の表装の匠《たくみ》の技である。少しでも個性が出てしまうと、せっかくの書が台無しになる。

「なるほど……さすがは、『咲花堂』さんや。手際よく、綺麗にあしらって貰いました。いやいや、本当にありがとうございました」

「気に入って貰って嬉しい限りです」

綸太郎が丁寧に頭を下げると、唐左衛門は小判五両を載せた三方を差し出した。

「些少《さしょう》ではございますが、これをお納め下さい」

「本当に些少でございますな」

「えっ……」

唐左衛門は目を丸くして、綸太郎の顔を見つめた。

「驚くことはないでしょう。『辰巳屋』さんほどの目の肥《こ》えた人ならば、金粉をあしらったり、漆《うるし》を施《ほどこ》したり、それなりに手を掛けたことが分かりますやろ。光悦の書に恥じぬ一級品やと自負してます」

「あ、ああ……これは失礼しました……では、後五両ほど……」

慌てて金を出そうとした唐左衛門に、綸太郎は毅然と言った。傍らで様子を窺《うかが》っている泰平も驚くほどの傲慢《ごうまん》な口調だった。

「私を誰と思うてますのや。これでも『咲花堂』の当主になる人間です。しかも、此《こ》度《たび》は、あなたからのたっての頼みということで、修復をした上で、末代まで恥じることのないような掛け軸にしたつもりです」

「それでは、いかほど……」

「――ご主人は、この書は、どれほどの値打ちがあると思うのですか」

「まあ、百両は下らないと思いましたが、この前、あなたご自身が、せいぜい二、三両と言いました。なのに表装が、そんなにかかってしまっては……」

「舐めてもらっては困りますよ、『辰巳屋』さん」

「！………」

「本当の値打ちを言ってみて下さいな。百両だなんて、人をバカにするのもいい加減になさいませ」

さらに強い口ぶりになった綸太郎を、唐左衛門は半ば怯《おび》えたように震えて見た。だが、それも芝居であろうことは、綸太郎は察知しており、目の前の掛け軸を引き戻すと、ビリッと破って放り投げた。

「あッ！　何をしやがるッ」

思わず野卑《やひ》な声を発した唐左衛門を、綸太郎は苦笑で眺めながら、

「地金丸出しですよ、唐左衛門さん。それでは、まるでならず者だ。もっとも、先代の唐左衛門の娘さんをたらしこんで、主人に収まった人ですから、素性は分かったもんじゃありませんがね」

と挑発するように言った。

「――先生……！」

唐左衛門は泰平を見やったが、様子を見ているだけで、動く気配はなかった。

「まあ、落ち着きなさいな」

涼《すず》しい目のまま、綸太郎は諫《いさ》めるように両手で制して、

「たしかにこの表装は、それなりに手をかけましたがね、五両を出して貰うほどのものではありません。それに……」

「それに……」

「本紙の書は、私が似せて書いたものです。なに、光悦流は、私たち一門は当然、学んでいるものですから、紙や墨、筆によって、贋物を作るくらい、大したことではありません。あなたが、田安家にある本物と取り替えた贋物も、どうせ光悦流をこなす誰かに書かせたものでしょ?」

「ど、どうして、それを……!」

図《はか》らずも漏《も》らして、唐左衛門はアッと口を押さえた。

「驚くほどのことではありませんよ。私は、何度か田安様のお屋敷で見たことがありますからね。それに、表装を直している間に、一度、田安様を訪ねて、あなたが〝取替屋〟を使って置いてきたものを、この目で見てきました」

「…………」

「贋作にしても拙《つたな》いものですが、田安家の人たちは何も気づいていませんから、安心して下さいまし」

「な、何の話です……」

「あなたが欲しいのは、表装し直した書ではなく、古い表具に残された紙の方でしょ」

「！…………」

唐左衛門は何かを察したのか、ジロリと泰平を睨みつけた。だが、泰平はやはり素知らぬ顔をしている。それを横目で見ながら、綸太郎は淡々と続けた。

「豊臣《とよとみ》家の財宝が隠されている絵図面を欲しがる〝お宝人〟は、世の中にわんさかいることでしょう。ですが、そのほとんどが、眉唾ものです。一生懸命、時をかけて掘り出せたとしても、二束三文のガラクタばかりというのも珍しくありません」

「…………」

「ですが、この光悦の書の裏には、大坂城から持ち出された財宝……その一部が隠されている場所が記されているという。信憑《しんぴょう》性があるのは、光悦が残した日記や深い繋がりがあった前田家の家臣の遺文などにも、それらしき記述が残されているからとか」

「…………」

「その真偽はまだ確かめておりませんが、光悦の書の表装紙に記されてる所を探して、実際にあれば、その正しさを明かすこともできるわけです。もっとも、お宝を探している連中が、書の真偽など公《おおやけ》にするとは思えませぬがね。ねえ、唐左衛門さん……」

　綸太郎は責めるように睨みつけて、

「両替商になる前は、一体、何をしていたのですか」

「何をって……」

「先代の娘をたらしこんで主人に収まり、商人に成り上がったことだけで満足せず、〝取替屋〟を使ってまで、〝お宝人〟を煽って、莫大な財宝を手に入れる……どういう人なんですか、あなたは」

　しばらく押し黙っていた唐左衛門だった。が、すべてを見抜いている様子の綸太郎と、何も語らず様子を窺っている泰平の態度に辟易《へきえき》としたのか、

「――金が欲しいだけだ」

と先程ちらりと見せた地金を露骨《ろこつ》に晒《さら》して、目つきも鋭くなった。

「そこまで調べたとは、綸太郎さん……そっちも覚悟して来たのでしょうから、この際、はっきりと申し上げましょう」

「やはり、目当ては、この絵図面ですな」

　綸太郎は懐《ふところ》から、袱紗《ふくさ》に包んだ薄い紙を出して見せた。もちろん、見せるだけ

で、手渡すことはしなかった。少しでも脂《あぶら》ぎった指で触れると破れるおそれがあったからだ。

「……ええ。そのお宝の絵図面が本物であればの話ですがね」

と唐左衛門が目を細めると、綸太郎は本物だと断言した。

「もっとも、掘り出してみるまでは分かりますまい。だが、百万両相当の天正《てんしょう》大判が埋められているのは確か……しかし、掘り出すためには、それなりの人手がかかる」

「その人手を出そうじゃありませんか」

「あなたが……」

「ええ。その代わり、財宝が見つかったときには、折半《せっぱん》といきましょう」

「それでは、あまりにも欲深なのでは？」

「どうしてです。光悦の書の掛け軸は、私のものですよ。あなたは、それを解読しただけ。なのに、半分もやろうってんですよ」

「バカバカしい……」

綸太郎は鼻で笑って、唐左衛門を凝視し、

「元々は豊臣家のもの、そして徳川家の手を経て、田安家が持ち主のはず。〝取替屋〟

を使って盗んだあなたが、分け前を決められる道理がありますまい」

「ならば、綸太郎さん……もう一度、田安家に参って、おたくにあるのは贋物で、本物は『辰巳屋』が盗んで持っておりますと伝えるがよろしい」

「……よいのですか？」

「どうぞ、どうぞ。実は、田安家の当主・徳川斉匡《なりまさ》様から頼まれたことですからな。ええ、わざわざ〝取替屋〟に盗ませたのも、ご当主が持ち出したとあっては、後で間違いが起これば、ご公儀からお咎《とが》めもあればこそ」

「持って廻ったことをする必要があるのは、斉匡様がまだ若いから、あなたが御しやすいからでしょう」

「…………」

「しかも、田安家は二代目当主の治察《はるあき》様が病にて若くして亡くなってから、十数年、無当主でした。それゆえ、上様の弟君であらせられる斉匡様が入った。つまりは……田安家の当主に、一橋家が入ったことになります」

「ですな……」

「田安家出身の松平定信様と、一橋家出身の将軍家斉《いえなり》公は犬猿の仲……本来なら、定信様が将軍職に就《つ》いてもよい人だったが、それこそ治済《はるさだ》様と老中の田沼意次《たぬまおきつぐ》の陰謀によって、定信様は陸奥白河藩《むつしらかわ》の久松松平家《ひさまつ》に出されてしまいました……ですが、老中として実権を握っている今、斉匡様も忸怩《じくじ》たるものがあるのではありませぬか？　あなたは、そこに目をつけた……それで、莫大な財宝を密かに手にしようと煽った。そういうところでしょう」

「――はてさて……」

唐左衛門はすっ惚《とぼ》けた顔で、

「ご当主が何を考えているかなど与《あずか》り知りませぬ。ただ、私としては……それで、一儲けしたいと考えたまで」

「儲けではなく、盗み、ですな」

「なんとでも言えばいい。その財宝をふたりで分け合うか、このまま葬《ほうむ》るか……それは、あなたしだいです。ねえ、綸太郎さん。いくら『咲花堂』の上条家といえども、豊臣家の莫大な財宝が欲しいでしょうに」

欲の皮が突張ったような表情の唐左衛門を見ていた綸太郎は、よほど腹が立ったのか、思わず絵図面を破ろうとしたが、

――サッ。

と横合いから手を伸ばした泰平が、その腕をしっかりと掴んだ。

「短気は損気。まだまだ、おまえさんは若いですなあ」

泰平は宥《なだ》めるように言って、

「戴けるものは、戴きましょうや、ねえ、若旦那ッ」

と綸太郎の肩をポンと叩いて笑った。

七

早速、唐左衛門は人手を集めて、近江《おうみ》国の今津《いまづ》村に向かわせた。

そこは、加賀藩の飛び地である。弘川《ひろかわ》村や梅津《うめづ》村と合わせても、わずか二千五百石ほどの小さな村だが、琵琶湖《びわこ》の要所であり、前田利家《としいえ》が豊臣秀吉から拝領してから、幕末まで加賀藩が支配した地であった。

近江には色々な大名の飛び地があり、実に二十万石近くが領地として使われていた。遠く奥州《おうしゅう》の伊達《だて》家のものもあった。他に旗本領や公家の領地、そして本阿弥家の領地もあった。それほど近江は重要な地だったのだ。

綸太郎が、光悦の書の中縁に貼られていた絵図面を解読した内容は、

――近江今津村代官陣屋裏手の山中、無縁仏の石像が並ぶ地中。

ということであった。

大坂城から運び出したものを、一旦《いったん》、京に運んだものの、徳川家に見つかることを懸念して、さらに近江の加賀藩領地に埋めたということである。本阿弥家領もこの近くにあり、昵懇である前田家を頼ったものと思われる。

石仏群のどの辺りにあるかという詳細は、その文書だけでは分からないが、唐左衛門が〝お宝人〟と、大勢の人足たちを集めて突貫でやろうということになった。泰平も協力するとなれば、まさに呉越同舟《ごえつどうしゅう》であろう。

なにしろ、お宝は百万両を超える。血眼《ちまなこ》になるのは当然であった。

ただ問題は、そこが加賀藩の飛び地ということである。しかも、代官陣屋の裏手であるから、隠れ掘りをするのは難しい。だが、そこは、本阿弥家とは深い関係のある加賀藩に、綸太郎が話をつけたのである。

事は次第に大きくなり、今津村の代官も手伝うことになり、唐左衛門は密かにではなく、白昼堂々と掘り出す普請場の長《おさ》にさせられたのだ。

むろん、田安家の名は一切、出てこない。お宝探しは内緒である。綸太郎が加賀藩に取りつけた話は、

――今津の裏山を開削して、新たな湊《みなと》と湊を結ぶ運河を作るための下調べ。

という名目であった。

その普請を金銭的に請け負《う》ったのが『辰巳屋』であった。無縁仏の石像を潰して、別に慰霊塔のようなものを作り、その地中を浚《さら》うことは、地元の普請問屋が実行する。

本格的に水路の掘削をするために、岩盤などを調べるならば何年もかかる。だが、今般は、無縁仏の一帯を根こそぎ浚って、肝心なものを見つければ、それを持ってトンズラを決め込んでいる。唐左衛門は、埋まっている天正大判を見つけさえすればよいのだ。

そのためには、掘削の中心になる者たちは、唐左衛門の最も信頼のおける〝お宝人〟たちを据えなければならないが、唐左衛門のことだ、手抜かりはあるまい。

このお宝探しの話のことを――。

綸太郎は、波奈に話しながら、美味そうに茶を飲んだ。

「そんなことが……」

波奈は驚きながらも、自分にそんな秘密を喋《しやべ》っていいのかと気を揉《も》んだ。

「おまえさんだからこそ、話したんだ」

「どういうことです?」

「信頼できるからだよ。だって、書画骨董などの宝物ばかりを狙う〝紅鳥〟と仲良しなんだろう?」

「私が……?」

「だって、そう言ってたよ。おたくの足を怪我《けが》した居候《いそうろう》が」

「まさか」

「なあ、そうだよな、文左」

奥に声をかけた綸太郎の顔を、波奈は露骨に嫌な顔で睨みつけた。

「そうやって、怖い顔をするのも、なかなかいい……って、南町の長崎さんが言ってたけれど、たしかに……」

「若旦那……そういう冗談は、私、好きではありません」

「こりゃ、すまない。けど波奈さん、私は伊達や酔狂で話しているんじゃないんだ」

「…………」

「世の中には、この茶と同じように、たった一服で心を清らかにしてくれるものがある。それが絵であったり書であったり、茶器だったりするのだろう」

綸太郎はまじまじと波奈を見つめながら、

「金に物を言わせて手にして、自分だけが隠し持つというのは、貪欲に蓄財するのと同じことで、そういう輩は、美しい物を見る値打ちがないと思う」

「それは綸太郎さんの傲慢というものです」

「傲慢……？」

意外な言葉に、綸太郎は戸惑った。

「だって、そうではありませんか。自分だけが、美しい物を知っている。物の値打ちを分かる。そう言っているのと同じことですよ。私は、あなたの真贋を見抜く力には畏《おそ》れすら感じておりますが、やはり、育ちやお家柄を自慢しているように聞こえます」

「だとしたら、私の修業が足りないんだな。人としての」

「――本当にそう思っているとは、思えませんが……私のような苦労を知らないから、なんでも、そんなふうに……」

波奈は皮肉っぽく言いそうになったが、言葉を飲み込んで、

「それより、どうして私に財宝の話なんかしたのです？　〝紅鳥〟と仲良しだとして、何をさせたいのです」

「あなたから、〝紅鳥〟に伝えて貰いたいことがあるんだ」

「伝えて貰いたいこと……」

「江戸だけではない。諸国で跳梁跋扈《ちょうりょうばっこ》している〃取替屋〃の元締めが、日本橋の両替商『辰巳屋』かもしれないのだ」

「まさか……」

「いや、〃取替屋〃の元締めが、両替商になったといったところか。これから、十日かけて近江に行き、何日かかけて、せっせと人足に掘らせるだろう」

「………」

「そして、ドロンを決め込むに違いない」

　綸太郎はそう言いながらも、どこか余裕の笑みを洩らして、

「だが、唐左衛門が失敗をすれば、〃取替屋〃もなりを潜《ひそ》めるかもしれない。奴は、私の罠《わな》にはまって、身代を注ぎ込んででも、百万両の天正大判を得ようとしている。元々、自分の金ではないから、惜しげもなく出しているんだ」

「――もしかして、綸太郎さんは、贋物作りと〃取替屋〃の一味たちを、根こそぎ懲《こ》らしめようとしているのですか」

「できれば、そうしたい。贋作が罷《まか》り通る世の中になれば、人は何を信じて良いのか分からなくなるからな」

「で……〃紅烏〃に伝えて欲しいことって何です」

波奈の目が真面目《まじめ》になるのを、綸太郎はじっと見つめ返し、

「唐左衛門の後を追って、奴が見つける前に天正大判を盗み取って貰いたいんだ」

「ええ!?」

「〃紅鳥〃ほどの名人ならば、雑作《ぞうさ》のないことだと思いますがね」

「見つける前に盗み取るって……」

「本当にお宝はここにあるぞと、知らしめてやればよいのです。そしたら、唐左衛門は自分の金を使い果たしてでも、掘り続けるでしょうからな」

綸太郎の目が企《たくら》んだように揺れるのを、波奈は見逃さなかった。だが、『咲花堂』の若旦那が、人を貶《おとし》めるようなことをするとは考えられぬ。波奈はそう感じており、

「何が狙いなのです。きちんと話して下さいませんかねえ」

と訊いた。内容によっては援助を惜しまないという態度だった。

「知ってのとおり、天正大判は豊臣秀吉が、後藤四郎兵衛《ごとうしろべえ》に作らせたもので、四十五匁《もんめ》程もある重さの大判です。江戸幕府になって慶長小判が使われるようになっても、元禄年間（一六八八〜一七〇四）まで、利用されてました。もっとも、大名同士の儀式や贈答用であって、我々が拝むことができるものではない」

「ええ……」

「それゆえ贋物も多かったのではないかと思われます。けれど、これは本物です」

　持参していた桐箱の中に、丁寧に置いてある数枚の大判のうち、一枚を惜しげもなく、波奈に手渡した。

　ズシリと重く、ひんやりとしている。

　鈍《にぶ》い黄金《こがね》色の表面は、天正大判らしい槌目《つちめ》だ。後藤光乗《こうじょう》の墨書も鮮《あざ》やかに残っており、掌《てのひら》の上で艶やかに燦《きら》めいていた。

「──これを、今津村の無縁墓地から見つけたふりをせよ……というのですか」

「察しがいい。それで、唐左衛門は確信を得て、必死に掘ると思いますよ」

「では、あなたが読み解いたという絵図面は嘘なのですか」

「いいえ。絵図面となりうる手がかりは、きちんと書かれてましたよ。でも、今津村というのは、出鱈目《でたらめ》です。いや、ほんの幾ばくかは本阿弥家を通して隠されたのは事実ですが、百万両も値打ちのあるものはない」

　波奈は嫌悪するように目を細めて、綸太郎をじっと睨んで、

「……騙したのですね」

「〃取替屋〃を根こそぎ退治するためです」

「相手が盗人や騙りと同じだから、あなたも騙してよいとでも……？」

「そうでもしないと、贋作が罷り通るようになってしまう」

「果たしてそうでしょうか……人が美しいものを求め、金に糸目を付けず欲しがる限り、贋作も盗みも繰り返されると思いますよ」

「だからといって、目の前の悪党を見逃すわけにはいかぬし、諦めることもしない。それもまた、私たち刀剣目利きの務めだと、祖父や父から教えられてきました」

「…………」

「盗んだものを庶民にバラ撒《ま》いてみせる、〃紅鳥〃のようないい泥棒は、ほとんどいないんです。そうでしょ?」

「…………」

「唐左衛門に仕掛けて、身代のすべてを人足たちに払わせて普請を行うのは、〃紅鳥〃が盗んだものをバラ撒くよりも、罪が軽いと思いますがね」

綸太郎が微笑みかけるのを、波奈は心の奥底で、「さもありなん」と認めながらも、険しい目で見つめ返し、

「承知しました……〃紅鳥〃にそう伝えましょう……でも、ひとつだけ教えて下さい」

「なんでしょう」

「本物のお宝の在処《ありか》です」

「実は……御所の清涼殿《せいりょうでん》……」

「え、ええ……!?　内裏《だいり》において、帝の住まわれている?」

「丁度、天正大判が作られた頃、御常御殿が造られ、帝はそっちへ移って、清涼殿は帝の執務と儀式の場となった。秀吉とてめったに入れることはなかったが、宮中の警護役の随身などに、息のかかった者がいたであろうし、本阿弥家と親しい公家は多かったから、そこが一番の隠し場所と考えたのでしょうな」

「………」

「〝紅鳥〟でも盗み出すことは無理かと。いつか後の世に建て直すときに、見つかるやもしれませんなあ」

盗めるものならどうぞ――とでも挑発しているように微笑み続ける綸太郎を、波奈も曖昧な笑みで返すしかなかった。

八

数日後、茶店の『波奈』の暖簾は外されて、代わりに『咲花堂』のが掲げられ、軒看板も下げられていた。

店内には、刀剣はもとより、書画骨董、茶器などが品良く並んでおり、片隅には小さな帳場も備えられていた。改装したわけでもないのに、茶店とはまた雰囲気が違って、三年前の『咲花堂』らしさが戻っていた。

もちろん、『波奈』の茶釜はあるし、一服できる縁台もそのままである。そして、綸太郎が点《た》てる茶の香りが広がっていた。

格子戸を開けて、ズカズカと踏み込んできたのは長崎だった。いきなり怒鳴り声で、

「おい！　貴様、どういうつもりだッ。波奈を逃がしたのか！」

と迫ってきた。いつもの七五郎も一緒である。

「どうしました、八丁堀《はっちょうぼり》の旦那」

綸太郎が柄杓《ひしゃく》を置いて、振り向くと、長崎は怒り心頭に発した顔つきで言った。

「惚けるな。この店の女将《おかみ》の波奈が、〝紅鳥〟だってことは、俺はとうに見抜いていたのだ。それを、うまい具合に余所《よそ》に逃がしたのは、おまえであろうが」

「なんです、その〝紅鳥〟だのなんだの……私はただ、しばらく店を閉めるというから、借りているまでのこと」

「なに……」

「元々、ここは私が借りていた店ですしね。神楽坂に面していて、人通りが賑《にぎ》やかですし、やはり落ち着きますなあ」

「おいッ。ふざけるなよ、綸太郎。おまえの魂胆《こんたん》は分かってるぞ」

「魂胆……」

「今度は、おまえが〃取替屋〃を使って、なんぞ悪さでもするつもりであろう。そもそも骨董だの何だのを扱ってる輩は怪しいと、相場は決まってるのだ。〃紅烏〃と組んで、どんなボロ儲けをするつもりだ。さては、おまえが、誰かは知らぬが、〃取替屋〃の元締めに成り代わって牛耳《ぎゆうじ》るつもりだな」

　一方的に責め立てる長崎を、綸太郎は呆れ顔で見ていたが、奥からひょっこりと顔を出した美津が嫌悪を露《あら》わにして、

「旦那……人の店に来て何をわめき散らしてるのどす」

「人の良さそうな顔をして、姉弟《きようだい》で阿漕《あこぎ》が浦に漕ぎ出るつもりか」

「綸太郎の言うとおり、波奈さんが留守の間、借りておるだけです」

「何処へ行った」

「近江の方と聞いてますがね」

「えっ……何をしに」

「なんでも、日本橋『辰巳屋』のご主人が、加賀藩に頼まれて、水路の開削普請をするとかで、その手伝いだとか」

「なに!? なんで、波奈がそんなことを……」

「さあ。なんぞ関わりがあるんでしょ。どういう関わりかまでは、余計な詮索ちゅうもんですよ、旦那」

わざと意味ありげな言い草をしたわけではないが、長崎は誤解をしてしまった。

「なるほど……あんないい女が、こんな立派な店を持てるわけがないな……あ、いやいや。奴は〝紅鳥〟だから、これくらいは……待てよ。もしかして、臭う。何か臭うぞ」

「アッ。旦那が変なことを言うから、くさやを焼いてたの忘れてましたがな」

美津は小走りで奥の台所へ向かった。

「京女が、くさや、かよ」

七五郎が鼻を摘《つま》んで言ったが、長崎の方は妙に気になっていた。刀剣目利きをする店で、臭いの強い干物をわざわざ焼くことはないであろう。何かを隠すためではないかと、勘繰ったのである。

「本当に旦那は、根っからの町方同心なんですねえ。何でもかんでも疑ってばかり。うちには隠し事はありませんから、どうぞ好きなだけ見て貰って結構ですよ」

「いや、いい……とにかく、波奈の行方《ゆくえ》が分かったら、俺に届けよ」

長崎もたまらなくなったのか、鼻を摘んで、店から飛び出していった。だが、残った綸太郎の方も、あまりの臭いに腰を浮かせて、美津に向かって文句を言った。

「いけすかん奴やから、追い返すために、わざと焼いたんですよ」

美津は顔を出してそう言ったが、この臭いでは客まで遠ざかるではないか。さらに文句を言おうとすると、二階から転がり落ちるような音がして、文左が這《は》い出てきた。

「大丈夫ですかな？　足はまだ綺麗に治ってないようだが」

綸太郎が声をかけると、文左は情けない顔つきで、

「お、おい……姐御《あねご》は本当に、近江に行ったのかい」

「あれ？　知らなかったかね」

「俺に黙って行くわけがない。何か人に言えない大事なことでも……」

心配そうに言う文左に、綸太郎は改めてきちんと話そうと向かい合った。

「波奈さんは上方に旅立つ前に、すべてを私に話した上で、あんたのことを宜《よろ》しく頼

むと言った。たったひとりの子分の文左だけど、この際、足を洗って、しっかりと商売人の修業をしなさいとね」

「なに？　言っている意味がよく分からないが……」

「つまり、おまえさんをこの『咲花堂』で雇って欲しいとのことだ。おまえさんは、いずれ立派な商人になるに違いない。新し物好きだし、目端は利くし、物怖じせず何にでも熱心に立ち向かい、銭金の勘定も早い。人の気持ちも読める優しい人だとな」

「なんだか、そこまで言われると照れちまうじゃねえか……」

本気でデレデレと嬉《うれ》しがっているところが、また憎めない。文左はその気になれば、波奈の後を追うこともできたであろうが、年増好きゆえ、美津と同じ屋根の下で暮らすのも楽しみだったのだ。

「ところで、天下泰平の旦那はどうした？」

文左が訊いたのは、少しでも金を返して貰いたいからだ。

「泰平の旦那は、『辰巳屋』の用心棒だから、上方に行ったよ。何処かで、波奈さんと一緒になってるかもしれないな」

「あのやろう……！」

「そんなに怒るな。泰平の旦那は、おまえさんも知ってのとおり、〝お宝人〟狩りだ。

もしかしたら、凄い獲物を捕まえてくるかもしれないぞ。ついでに、お宝も」

綸太郎は御所のお宝のことは話さなかったが、豊臣秀吉の埋蔵金探しをしているに違いないということは伝えた。

慶長三年頃、秀吉は、大坂城の御金蔵から四万五千両余りの金を、和泉《いずみ》、摂津《せっつ》、播磨《はりま》などの村々、二十一カ所に分散して隠したことは、埋蔵に関わった一族の遺文から、よく知られていることである。それをもって、一攫千金《いっかくせんきん》を狙う盗賊どもが探してきたはずだが、見つかったという話はない。

それら遺文はおそらく、本当の隠し場所を悟《さと》られないために書き残した〝嘘〟であろう。だが、和泉、摂津、播磨には、田安家の領地もある。加えて、甲州《こうしゅう》や武蔵《むさし》、上野《こうずけ》にも領地があるが、すべて秀吉の財宝が隠された場所と一致する。

田安家が豊臣の財宝を掘削する役目があったことは確かだ。だからこそ、『辰巳屋』のような〝取替屋〟の元締めと〝お宝人〟とがつるんでいたに違いあるまい。

「若旦那……」

文左が殊勝な顔になって両手をついた。

「実は、あっしは……姐御から、綸太郎さんの素性を訊いておりやす」

「え……？」

「上条綸太郎が刀剣目利きというのは、世を欺《あざむ》く仮の姿。いや、『咲花堂』の御曹司《おんぞうし》だというのは本当だが……世に巣くう鬼を退治せんがため、諸国を遍歴し、様々な極悪人を懲らしめてきたのだ、と」

「はあ? 私は桃太郎かいな」

「手段は違っても、姐御と同じく、弱い者可哀想《かわいそう》な者たちを助けるのが、己が道と決めて生きている奇特な御仁である。だからこそ、『咲花堂』で修業せよとのお達しでした」

「なんや、それは」

「惚けなくても結構です。小太刀《こだち》の腕前もよく知っておりやす。どうか、どうか、まだまだ半人前のつまらぬやろうですが、面倒を見てやっておくんなせえッ」

「勘違いをしてるな。いや、波奈さんがわざとそう言ったのだな。ま、いいや……」

綸太郎は真顔で挨拶をする文左のことは、さして気にもせず、刀剣目利きは無理としても、骨董商としてやっていけるイロハは教えてやるつもりであった。

「ああ、こりゃ、たまらん!」

文左は障子戸や窓を開け放って、魚の臭いを外に流した。通りかかった人たちも、思わず眉を顰《ひそ》めた。

「けど、これは食べると、なかなか美味いものだぞ」

そう言いながらも、綸太郎も一緒になって扇子で扇いだりしながら、外の気と入れ替えた。せっかく淹《い》れた茶の香りまでが、変になったような気がした。

風と一緒に陽光が差し込んでくる。臭かっただけに、妙に爽《さわ》やかだ。人間というものは、大真面目な話をしていても、直近の痛みや臭いの方が気になるものだ。ほっと安堵《あんど》した綸太郎は、心も晴れ晴れとなった。

「なあ、文左……私もよく分からないんだが……波奈って女は一体、何者なんだい」

「ええ？」

「ただの義賊の女盗人とも思えない。かといって、善人とも思えないんだがな」

「それは、俺にも分からねえ。ただ、俺にとっては命の恩人というだけで」

「ふうん。それだけで、子分になったのかね」

「それだけって、一番、大事なことだと思うがな。人はいらない親切は押しつけるくせによ、イザというときは逃げちまう。姐御はその反対だ」

「では、また会うのが楽しみだな」

「そりゃもう……」

「その時は、もしかしたら御所から凄いお宝を持って来るかもな」

「え、どういう意味で?」

「いや、なんでもない、なんでもない」

綸太郎は表に出て、牛込見附まで続いている坂を眺めた。陽光に濠《ほり》の水も燦めいて見える。白亜の塀の向こうには、江戸城が聳《そび》えるように広がっている。

アアッと背伸びをした綸太郎は、またしばらく世話になりますよと誰にともなく呟《つぶや》いて、青空を仰《あお》ぐのだった。

一〇〇字書評

取替屋

切・り・取・り・線

購買動機（新聞、雑誌名を記入するか、あるいは○をつけてください）

□（　　　　　　　　　　　　　）の広告を見て
□（　　　　　　　　　　　　　）の書評を見て
□ 知人のすすめで　　　　　　□ タイトルに惹かれて
□ カバーが良かったから　　　□ 内容が面白そうだから
□ 好きな作家だから　　　　　□ 好きな分野の本だから

・最近、最も感銘を受けた作品名をお書き下さい

・あなたのお好きな作家名をお書き下さい

・その他、ご要望がありましたらお書き下さい

住所	〒				
氏名		職業		年齢	
Eメール	※携帯には配信できません		新刊情報等のメール配信を 希望する・しない		

この本の感想を、編集部までお寄せいただけたらありがたく存じます。今後の企画の参考にさせていただきます。Eメールでも結構です。

いただいた「一〇〇字書評」は、新聞・雑誌等に紹介させていただくことがあります。その場合はお礼として特製図書カードを差し上げます。

前ページの原稿用紙に書評をお書きの上、切り取り、左記までお送り下さい。宛先の住所は不要です。

なお、ご記入いただいたお名前、ご住所等は、書評紹介の事前了解、謝礼のお届けのためだけに利用し、そのほかの目的のために利用することはありません。

〒一〇一‐八七〇一
祥伝社文庫編集長　坂口芳和
電話　〇三（三二六五）二〇八〇

祥伝社ホームページの「ブックレビュー」からも、書き込めます。
http://www.shodensha.co.jp/bookreview/

祥伝社文庫

取替屋《とりかえや》 新《しん》・神楽坂咲花堂《かぐらざかさくはなどう》

平成27年 3 月20日 初版第1刷発行

著　者　井川香四郎《いかわこうしろう》

発行者　竹内和芳

発行所　祥伝社《しょうでんしゃ》
東京都千代田区神田神保町 3-3
〒101-8701
電話 03（3265）2081（販売部）
電話 03（3265）2080（編集部）
電話 03（3265）3622（業務部）
http://www.shodensha.co.jp/

印刷所　萩原印刷
製本所　ナショナル製本
カバーフォーマットデザイン　中原達治

Printed in Japan ©2015, Koushirou Ikawa ISBN978-4-396-34102-2 C0193

祥伝社文庫の好評既刊

井川香四郎
秘する花
刀剣目利き 神楽坂咲花堂①

神楽坂の三日月での女の死。刀剣鑑定師・上条《かみじょう》綸太郎は女の死に疑念を抱く。その鋭い目が真贋を見抜く！

井川香四郎
御赦免花《ごしゃめんばな》
刀剣目利き 神楽坂咲花堂②

咲花堂に盗賊が。同夜、豪商も襲い主人や手代ら八名を惨殺。同一犯なのか？ 綸太郎は違和感を……。

井川香四郎
百鬼の涙
刀剣目利き 神楽坂咲花堂③

大店《おおだな》の子が神隠しに遭う事件が続出するなか、妖怪図を飾ると子供が帰ってくるという噂が。いったいなぜ？

井川香四郎
未練坂
刀剣目利き 神楽坂咲花堂④

剣を極めた老武士の奇妙な行動。綸太郎は、そこに十五年前の悲劇の真相が隠されているのを知る。

井川香四郎
恋芽《めぶ》吹き
刀剣目利き 神楽坂咲花堂⑤

咲花堂に持ち込まれた童女の絵。元の持主を探す綸太郎を尾行する浪人の影。やがてその侍が殺されて……。

井川香四郎
あわせ鏡
刀剣目利き 神楽坂咲花堂⑥

出会い頭に女とぶつかり、瀬戸黒《せとぐろ》の名器を割ってしまった咲花堂の番頭・峰吉《みねきち》。それから不思議な因縁が……。